惠风·文学汇
(第二辑)

引得春风入坊巷

"惠风·文学汇"丛书编委会 编

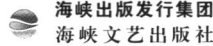
海峡出版发行集团
海峡文艺出版社

目录

崇武古城的光与影 / 苏要文……………1

客家家族的民居群——赖坊 / 戎章榕……11

家住土库 / 应积满………………16

雕版故里 / 黄征辉………………29

宁洋古韵 / 陈慧瑛………………38

长在我童年眼睛里的故乡 / 蒋庆丰………47

时光倒流几道巷 / 璎珞……………65

月上水乡 / 孟丰敏………………72

行走湘桥 / 苏水梅………………80

回到塔下 / 简清枝………………90

霍童怀古 / 萧何…………………100

杉洋,外秀内慧的千年古村 / 林思翔
……………………………108

走过双溪的背影 / 彭常光……… 120

朱紫坊巷方寸间 / 林哲……………… 126

小桥·流水·朱紫坊 / 李建珍……… 130

上下杭：财源不尽随潮来 / 钟红英… 135

泊在江边的恬梦 / 简笔…………… 145

时光流淌的黄金岁月 / 林精华……… 158

上下杭兴化商帮的斑驳记忆 / 林文政
……………………………… 166

鼓浪屿素描 / 常晓军……………… 181

三坊七巷 / 卢一心………………… 197

一座城市的前世今生 / 陈子铭……… 211

洪坑：戴文赛星升起的传统村落 / 许初鸣
……………………………… 229

漳州，三条不起眼的老街 / 蔡刚华… 241

崇武古城的光与影

苏要文

但凡到过闽南古城泉州的人，无不被侨乡的纯朴古风与"海丝"文化所吸引。泉州是"海上丝绸之路"的重要起点之一，千年以后，走过泉州的大街小巷，俯仰之间，"海丝"遗迹依然随处可见。古老的城市建筑，把东亚文化之都扮靓了，夯实了，璀璨了一方圣境。闻名遐迩、文化历史底蕴深厚的泉州惠安更是"海丝"文化的样板，一直站立于古闽中郡经典的前沿。

最能体现这一地域特色的，唯崇武古城也。这是被"海丝"文明的灯盏映亮的古镇，是一座独具魅力风光的石头城，把建筑与岩雕艺术发挥到极致的滨海小城。

崇武古城是一个时代的缩影，是惠安城市

品牌标识的主导形象，是"海滨邹鲁"惠安对外开放的一张响当当的名片。

泉州惠安的美是柔和的，无论是小桥、流水、人家，还是老树、亭台、楼阁，看起来都是如此的细腻、平静、淡雅！走进惠安的小镇，特别是古村落、古城区，在充满闽南风情的古韵里行走，时光仿佛跌落在了历史的画卷里。阳光温煦而又迷人，恍然间让人返回到了最原始、最自然的乡间小居。我喜欢这里的山山水水，点点滴滴。心绪在这些舒徐的空间里，纯粹而又淡泊。我喜欢这样的感觉。

信步崇武古城门内外。在壁垒森严的石头城堡里，我们找到了历史和现实的交汇之处。

崇武古城的前世是影像，崇武古城的今生是光彩。光影崇武迷离了一双双望穿的眼。

崇武是古典的，虽有些沧桑之感，但天生丽质之美却是隐约依依的。诗与画并存的曲折海岸线、明代石头城裹挟的古道渔港，记载了岁月神话；石房子、红砖厝、木屋，那是先人执着的情、朴实的爱。

明清年间建造的石头街，装饰简约朴实。那些不同年代营造的建筑透出岁月的斑驳印记，沉淀的光芒犹在。不少结构精巧、宏伟壮观的文物古迹则布满着影雕、楹联、名匾、石雕，显示了儒学向建筑的渗透。

我悄然走近那雕刻精美的木窗石柱，欲轻抚岁月的精致；我轻磕那铜质门扣，欲感受沉重与庄严；我推开那驳迹斑斑的木门，走入古代院落，欲体验古朴的民风。

一条条小巷藏于一座座民居之间。走在狭窄的石巷道，可见老房子的门终日敞着，人们不急不缓地过着悠闲的日子。院子里的一些不同年纪的惠安女坐在装满带壳海蛎的大桶旁，熟练地撬开蚝壳，不一会儿，脚边的蚝壳已堆成小山，肥嫩的蚝肉已盛满一大盆。入神游离间仿佛回到了古时：一头戴黄斗笠，披着白底小碎花头巾，捂住双颊下颌，上身穿蓝色斜襟衫，又短又狭，露出肚皮，腰间佩有银腰链，下穿宽大飘逸的低腰黑裤，头饰精巧艳丽的惠安女，肩挑重荷，为生活奔走在幽雅的村道，满目憧憬，满怀悠然。惠女雕琢石头，那便是雕琢生活，雕琢着自己的幸福；惠女挑石背瓦，那便是建造美学，建造着自己的安乐窝。惠女肩扛着辛酸，渔网、古船、花岗岩石头屋成了一种优雅的背景音乐。从历史深处走来的惠安女，渐成一种勤劳质朴的象征。惠女服饰、惠安雕艺、惠安建筑渐进非物质文化遗产名录。

古韵里的崇武人总是随遇而安，像浪迹的游侠一般自在，生活清贫，却知足常乐。水的柔和，水的润物情怀，水的安静低回，赋予他们温润如玉的性格。在这里，一切的豪情都会变得柔和，一切的名利世俗都会化作淡泊青烟。人，开始回归自然，与世无争，放歌漫游。在星光如豆的夜晚，渔船回港，谁会点亮那明灭的社火，谁会轻弹琵琶，谁会酒祓清愁，又有谁，月下临风处，起一声短笛……

穿门楼，走陋巷，是一种与传统文化的碰撞。踯躅石板榕荫，轻叩庙门柴扉，仿佛走进时空之门，与历史在问津取暖中相遇，古城文明、闽南文化升腾扑面而来，让人在毫无准备时接受一桌子的文化大餐，逐一品赏过后需要慢慢地回味才能消化。

进入影像崇武其间，便沾染一身淡然史诗。它的沉静，它的淡定，它的坦荡，它的优雅，都是让人心驰神往的无限魅力。我不仅希望在这里，可以受到熏陶，挟一身的书香，更希望无形中浸染的是丝丝睿智、铮铮骨气。

抖开崇武影像宏图，四千多年建筑史，丁字形石砌城墙，海涛汹涌，庙台高筑，精雕细刻，古宅栉比，充盈崇武人追思怀古的激越情怀，如数家珍的窃喜无不昭显岁月深处的繁华异彩。

目光掠过，大户人家、书香门第给人一种寻幽探秘的蛊惑。我似乎瞧见，房子大多陈旧却充满了韵味，微翘的屋檐，低矮的门楣，四四方方的小院落，一踏进去就让人觉得安详亲切，就像是来到了一个与世隔绝的地方。这里没有过多的喧嚣、闹腾，时光总是很静然。你看着阳光从屋檐灰黑的瓦楞上慢慢地渗入，一点点晕黄而又驳斑的光线投射到剥蚀的砖瓦上，柔和而又温馨。这个时刻你会感觉到光阴的短暂和无奈，仿佛岁岁年年，就在这些飞檐瓦楞上蔓延而过，不留痕迹，只看到这些昏黄的光线下那些浮动的灰尘，带着一份泥土的清香，慵懒而闲适地飘浮在老屋里，细数着往事和年轮，悠然长叹。

石雕、木雕、砖雕建筑文化，是别在石头城胸口的艺术之花。提督衙、将军府、私塾、书院……保存尚好的明清遗留，风格素雅的古街风貌，是熠熠生辉的明珠。

走在古风淳朴的幽巷，有童年时走向外婆家或乡下爷爷家的感觉，心自然而然敞开。青瓦木楼，红墙石窗，青石老街，有一些陌生，但还没有生疏到完全没有感知，恍恍惚惚的，就在内心里已泛黄的讨海记忆里藏着。要说亲近，又有些不熟悉，总与现世满眼的时尚建筑与生存世界有些差异。当然，如果把鞋脱了，光着脚走在石板路上，会对古街熟悉得更快些。走着走着，懵懂间，思绪的小马驹带我疾驰在中国古代建筑艺术长廊。我似乎看见它随着"海丝"文明的船帆，漂洋过海。在"海丝"之路的那头，在东南亚、在北美落地生根。那里的骑楼、唐人街都有来自闽南泉州惠安——中国建筑之乡传承的印记。建筑文化，能给浪迹天涯的游子的思乡慨叹里带去永恒的生命力。

历史，在日升星沉中飞梭了千百世，如今来者立于城墙边的坡道上，也无不感于古人对自然的敬拜。"渺沧海之一粟"，古往今来，人在自然面前总如水滴之于湖海。崇武就是那片深情的海。

生活在这样的古城里，你感觉时光很寂静，每天都仿佛在平凡里度过，日子过得安稳，不紧也不慢。走过某户敞开着的门扉边，你便可以听到那些灿烂而又快乐的笑声，仿佛天籁传满屋角小巷，如此动人而又含蓄，真像是一曲歌谣呢。我经常可以想起那些笑来，仿佛在耳边回荡，不忍离去，让我寂寞的城市夜空多了几分牵挂和惦念。于是心境在烦躁里回归到了宁谧。孤独而又落寞的时候我会想起那些老街，那些小桥、流水、人家，还有从古戏台穿越而来的南音唱腔。或许这些往事已经在流年里走远了，但是老街给我的感觉却是记忆深刻的、清晰的。牌坊、廊道、屏风、梁柱，它仿佛是一个老朋友，午夜梦回时，轻巧地浮现在你的心头，让你想念，让你感觉到温馨静美，而后觉得慰藉。那梦境也一定是恬淡婉约的，流淌着古城特有的气息吧。

走进时尚崇武，犹感文化底蕴的涤荡。那些整洁有序、花团锦簇的小巷，那些修旧如旧的斋堂遗址便是最好的见证。宽敞的村道，溢彩的红砖楼，无论是缓和平坦还是巍峨耸立，总是给人淳厚安谧之触感。踩踏在这些淳朴上面，仿佛给自己的心灵来一次特别直白的倾诉。触摸着人去楼空、庭院深深、独对怆然的寂寥，静静地感受这些久未接触的悠然，你会自然而然地怀思起来，忘了烦恼！

前世的影像，今生的光彩，崇武的文化遗产代代传承，而且正在发扬光大。

民居、祠堂、牌坊、村志、文物修复是渴

盼辉煌的铺垫。

邂逅几位惠安女。她们着装鲜艳，花枝招展地从身旁楚楚而过，在一溜排开的建筑石雕艺术展前婀娜多姿。同行的女友忍俊不禁：借你的"惠装"穿穿，行不？！

女友一直把惠女服饰称作"惠装"。多雅！不禁想到，惠安雕艺、建筑何尝不是这石头城亮丽光鲜的缀饰？

就这样，在惠安崇武的光影里来回穿梭。

城边巷尾栽种着许多香樟木、相思树、马尾松，这些婀娜的枝条成就了崇武一份特有的风姿。那份纤细，那份温文尔雅，从容而又娇柔，带给我们许许多多的感慨。这些勃发的树木在轻风的吹拂下摇摆起来，看起来是那么的高雅动人，仿佛一个个站在水边小巷的女子，正在迎风起舞呢！那些动人的舞蹈经常出现在我的梦里，美好而又清晰。传说中的故事由此再次泛滥。这些历久弥新的典故展开了我们想象的翅膀。

或许有一天当我厌倦了那些喧扰和浮华之

后。那么我会回来,回到实实在在而又清新的石头城来,看看这些简约的民居、复古的建筑、"海丝"的遗存、精湛的雕艺,听着大海的歌唱,与三两惠安女讨小海,然后感受着阳光的抚触、光阴的流逝,心境被漂洗得素净,不带繁杂。这个时候我想我是最幸福的人了,因为这些就是我的乡愁啊!回归便是最好的洗礼!

客家家族的民居群——赖坊

戎章榕

在所有的文物古迹中，古代建筑是诠释历史最恰当的物质载体，它不仅仅是凝固的音乐，更是古代民众创造力与艺术的物化总结，是连亘在历史与现实之间的一座桥梁。在三明市清流县的大丰山下、九龙湖畔，有一个客家人聚居的山区古村落——赖坊村。村落因村庄的大多数人姓赖而得名。

走在那些幢幢相连、小巷纵横交错的老房子里，如同坠入了一个古老的文化迷宫中，在欣喜之中轻易地迷失。

穿行在街巷，犹如穿行于一幅古朴清新的历史画卷里。一道道相似的高门槛、厅堂、过道，却诉说着不一样的故事，或文，或武，或仕，或商，或农，留下的都是黄墙、黄壁。赖以引发人联想的是神龛上供奉着的祖像，以及黑幽幽只露着一线门隙或窗口的厢房，神秘中有悚然的悸动。房子相互独立，屋内又相连，构成一个完美的艺术整体，内部保存较完整的部分真可谓步步入景，处处堪画，精雕细镂，飞金重彩，气度恢宏，古朴宽敞。有的屋内家具、用具摆设和布置，都是以前保留下来的，古朴典雅。很多民居中的正厅上还悬挂着牌匾。

以宗祠为中心，聚族而居，高低错落又尊卑有序。宗教、文化、商业、交通、防卫等其他附属建筑服从于村落的整体要求，形成支脉清晰、纵横交错的有机组合。彩映庚、翰林第、棠棣竞秀、来清、迎熏、则荆、慕荆等一批诗意盎然的民居名号，涌动着墨香四溢的文化氛围。而建筑本身精美与素朴的造型、色彩与整体的形象，则来自赖坊人自信而独特的美学意念。

民居以天井为中心，营造出"四水归堂"的格局。而建筑局部的精雕细刻，是整座建筑的华彩乐章。那些附着在影壁、石狮、石鼓、抱鼓石、须弥座、鸱吻、角兽、脊饰、门罩、梁柱、瓜柱、垂柱、叉手、漏窗、雀替、斜撑、斗拱、隔扇、檐栏、挂落、栏杆之处的砖、石、木"三雕"艺术，准确、传神，不可替代。每座古民居的大门上的石刻对联，向行人述说着它悠久的历史和灿烂的文化。偶遇三两老人或坐或站在古民居边，倚在石头上有说有笑，他们谈些什么呢？是古村的往事，是世道的变迁，还是对未来的憧憬？我们从他们身边经过，老人们会停下到嘴边的话语，热情地打招呼，待我们走远后，又回归那未了的话题。

水是万物生存之源，与生态环境息息相关。古人对环境的优化选择，尤其注重对水因素的选择。古代先民在选择居住环境时，或依山面水，或枕山临流，抑或背山跨水，再或沿河集居，都离不开"水"。古人择居的缘由自然有赖于"取水之利，用水之便，亲水之捷"。随着社会的潜移默化，人们逐渐形成了"田园山水"诗情画意般的文化内涵以及择居选址上的审美偏好。赖坊村整个地形,背山临水,平畴环列,龙珠寨矗其前,后龙山恃其后,文昌溪由寨下迢递而来。万寿桥建于水尾,作为镇角。若夫远眺,四周层峦耸翠,远山匀称,近山环抱,坛屏高大,罗城周密,朝晖夕阴,气象万千。赖坊村村落布局设计者为赖一郎公的第七世裔孙赖五义。据族谱记载:赖五义年轻时因家庭变故出走江西,后回到家乡,着手设计整个村庄。如今,当我们用山青水秀、风景如画这样的词语来形容一座古代村落时,远不能诠释古人的心理期冀及文化精神向度。

时光落在青黛的屋顶上,落在堆砌着青苔的空寂的天井里。时光在这里堆积停顿,仿佛从未被人翻动。太多的悲欢离合、恩怨情仇,太多的希冀与痛苦、挣扎与彷徨,门户开阖间,化作无数岁月的碎片。这些灵魂一样附在古建各个角落的积淀,陈陈相因,构筑了一个母体一样温暖宁静的文化温床。

在赖坊漫步,我会情不自禁地惊叹:群山

在我移动的脚步中，变幻出一幅幅多姿多彩的画卷。这里小桥、流水、碧瓦、白墙、红柱，掩映于绿树丛中，夕阳西下，忙碌了一天的人们荷锄牵牛慢慢走回自家小院，袅袅的炊烟在农家屋顶渐渐升起。

将栖身的住所美学化，这恐怕只有人类才能这样做。而古建筑，在提供给我们一种差异性的美学感应中，赋予了更多时代的政治、经济和文化的内涵，是否可以说，这也是一个浓缩的时代的标本式载体？至于如何解读，这就要考验每个到访者的独到眼光和文化涵养了。

家住土库
应积满

高踞昂首的马头墙，错落有致的屋脊，青苔裹依的瓦楞，这就是我的家乡——峡阳镇的土库。"土库"是家乡人对家居老宅的俗称。土库这种家居，四面围墙，墙内木制房屋。屏风、照壁、天井、厢房、客厅、后厅，俨然一土堡房构，小则数百平方米，大则数千平方米，有房屋大几十间，其构造类似北京的四合院。

我在土库出生，并在土库生活了三十年，而今仍魂牵梦萦着我的老土库。因为，土库里有我童年的欢歌与疾苦，有我纯真的友情与关爱，有我绵绵的亲情与牵挂，还有我对家乡的眷念与忧伤。

家住土库，最难忘的是年三十晚上的烧火

寨。这天，我和土库的其他孩子们早早吃过年夜饭，就聚拢到土库大门口前的空坪里等着烧火寨。烧火寨是土库人传统的风俗。它是把当年各家各户打扫房屋扔弃的竹扫把、竹篾用具收集起来，集中到年三十晚上焚烧。据老人说这样会把一年中的晦气、邪气烧掉，把来年的福气烧得旺旺的。其实，在我想来，当时的人们极少文化娱乐生活，平日里日出而作，日落而息，生活好辛苦、好寂寥。年三十，酒足饭饱之后，在隆冬腊月里围坐熊熊火寨烤火取暖，谈天说地，也算是苦中作乐、忙里偷闲吧。这种习俗一直延续到20世纪70年代。后来因为电视的悄然入户，土库人真正感受到了娱乐的磁力，而世代乐此不疲的烧火寨，才熄灭了它承传千年的火种。

烧火寨，要事先到后门山抬来两根杂木大节疤做柴火。烧火寨时，我们这些小孩争着把收集存放着的破旧竹篾用具搬到空坪上焚烧。尽管这是火头军样的差事，但我们干得很起劲。蹦跳的火焰攒动着，映红了男女老少的脸。我们把家里最好吃的年货点心拿出来分赠共享。磕南瓜子,吃炒黄豆,咬果干儿,抑或还有人递过来一块米糁,这是最高档的年货点心了。

其实,我对烧火寨的喜爱和难以忘怀还在于听长辈们讲故事。从年三十到元宵,土库里的男女老少每晚都会来到大门口前的火寨旁,或坐或站,烤火取暖,说笑聊天,直把个火寨围得水泄不通。可无论多少人,怎样占好位子,大人小孩总要把正对着火寨、大门口正中的位子空着,等小团孩叔公、小弟叔公、长发叔来坐,因为他们会给大伙儿带来好听的故事。小团孩叔公是个老学究,旧学堂出来的长者。他讲三国:刘关张桃园三结义,诸葛亮七擒孟获;侃三侠五义:南侠展昭善轻功,数救包拯,北侠欧阳春武功是最棒,会点穴,一把宝刀江湖无敌手;说聊斋:花妖狐仙兰心蕙质、坚强勇敢,少年书生英俊潇洒、狂妄痴情。荒诞的情节,人妖的斗法,不禁心生忐忑,以致听完故事非得跟着大人才敢回房间然后蒙头便睡,睡梦中还常出现婴宁、花姑子、小翠的倩影。

在长辈们讲的故事中，最搞笑的是长发叔讲东方朔的故事。长发叔是小学教师，满肚子学问。他讲故事幽默风趣，直把那东方朔讲得活灵活现、诙谐多智，连皇帝老儿都不怕。说他常在汉武帝面前谈笑取乐，直言切谏；说他智喝汉武帝的长生不老酒，让武帝哭笑不得；说他在皇宫殿上大小便；说他嬉笑怒斥奸臣董偃有三个罪名可杀。

烧火寨，吃年货点心，听故事，那是我儿时过年的最爱。

马头墙下凹进一方U形的地界，是土库的大门。大门的门槛是条石，厚三寸有余，高一尺二三。

门槛好高，蹒跚学步的团儿，抬起胖嘟嘟的脚丫要跨过它，脚丫抬了好多次，脸儿憋得红彤彤，就是跨不过去。每到这时，站在身旁的大叔大婶笑呵呵地牵着团儿的小手，轻轻一提，团儿便跨到了门槛外了。

农家的饭早，晨曦里，土库与蒙胧雾气混合，云烟氤氲中蒸腾着清新与平和。

早饭后，我们带上扁担、棕绳、柴刀在大门口等伙伴。不一会儿，门口便是我们活泼的身影和喧闹的声音。年幼的我们忙活着把一根棕绳扎在腰上，插上柴刀，好似一把短枪，另一根棕绳绑着扁担，背在肩上，犹如一支长枪。年长些的几个聚在一起商量着哪片山的柴干、柴老、柴多、路近。"走啰！"一声号令，我们这支双枪童子军就雄赳赳、气昂昂地出发了，人数多时，足有一个排。

农家的孩子是不怕晒的，即便是盛夏中午的骄阳仍不须躲避。午饭后，小伙伴们带上斧头，又汇集到大门口的空坪里，这时的活儿是劈柴。俗话说"松柴对凹，杉柴对疤"，斧头落处，柴儿一劈两半。碗口粗的劈成四块，海碗般大的劈成八块。一斧两块，斧斧生风。映水哥手脚最麻利，他劈的柴块块大小均匀，皮是皮，芯是芯，白的是皮，红的是芯，捆成两把，鲜亮匀目。哥哥把柴捆好帮弟弟，手脚快的帮手脚慢的。待小伙伴们都把柴劈完捆好后，孩子头大奴哥一声呼哨，我们挑着柴一字长龙地向三角坪走去。一担柴卖个五六角钱，晚饭时，把钱交给母亲，博得母亲的一阵夸奖。

夜晚，我们又锁定大门口，排排坐在石门槛上。我们点数着夜空中的星星，想象着它该是丢失了铜钱不敢回家而变成萤火虫找钱的孩子吧？我们举目明月，争论着它为什么会阴晴圆缺。月亮里有嫦娥和玉兔吗？有一天月亮若是掉到地上来，会有饭桌那样大吧？

土库里都有客厅，几进房就有几个客厅。我住的那座土库的大客厅里多了两根柱子，据说是我家有一位祖先高中了进士，功名显赫，才立了这两根柱子。

客厅又长又宽，可容百十人，摆上六七桌酒席还显得宽。厅高六米有余，单层。厅顶的檀梁上悬挂着匾额，大多是铭记功名、褒扬德操和恭祝寿喜的，虽经数百年，至今仍金光灿亮。

客厅的地面是斗砖铺砌，阶沿是石条，阶下是天井。客厅宽敞、明亮、通风，土库人除劳作睡觉外，大多时间都在这里打发着过。于是客厅里便演绎着一幕幕平淡、和睦与真诚的故事。

客厅也是饭厅。一日三餐，客厅是吃饭的地方。也许是沿袭了北方人喜欢把饭端到院外路边侃大山的习惯，土库人不论老小，用粗碗盛上小山包似的一大碗饭，包顶上再叉上一大筷子菜便悠悠地从厨房走到客厅，站着、坐着、蹲着，大口大口地嚼咽，腮帮儿鼓得圆圆的。大人们围拢着生产队长根根叔谈日里的农事安排：白石垄的早稻扬花抽穗要施肥了，长坑垅的单晚田该筑埂翻田了。我们囝儿也不甘落后：上午砍柴，下午捡田螺，晚上捉迷藏。

总之，一天要做的事就在动筷端碗、咀嚼吞咽中敲定。间或哪个人碗里有好菜，自然是见者有份，先尝为"筷"。客厅成了饭厅，独守饭桌的母亲常抱怨说："家里的饭桌都让马给踏了！"

客厅也是生产队队事活动的地方。对于土库人来说，莫大的关心就是工分表和分红表了。记工员把工分表贴在客厅壁板上，一天一天地登记，一月一月地累计，大人和小孩都会贴在壁板上瞅着自家人的工分。正劳力一天十分，小孩暑假参加夏收夏种每天也能挣个三四工分。腊月底，分红表一贴出，客厅里便是里三层外三层地围着看。看后，有人喜形于色，有人满脸无奈，有人愤愤不平。在那个年代里，工分是社员的命根子，劳力是家庭盛衰的旗幡，分红是土库人的祈盼。我家当时八口人，在我九岁时，十四岁的大哥就退学到队里挣工分。大哥挺要强的，两年后就能挣十工分了。他和父亲一年挣个五千多分，渐渐还清了超支，到后来，每年还能分红百八十元。家里有劳力，是很被人瞧得起的一件事。有劳力，不但在队里邻居间说话声音粗了，男婚女嫁容易了，而且孩子读书上学也顺畅了。我就是因为大哥在队里劳动，才能读完初中，又上高中。

夏收夏种，当时称为"双抢"。"双抢"结束，队里要"洗镰刀"，实际上是收成后的一次改膳。改膳是一件大而慎重的事。老队长根根叔要和大伙商量好几天，钱筹到了，要计算吃哪些菜既经济又能吃饱。当然,最重要的是宰猪分肉。分肉是为了吃油,分肉时,要特别注意每块肉的肥瘦相匀,如果哪块肥膘多,便成为大伙抽签时的首选了。记得有一次,大哥因抽到一块肥少瘦多的肉,竟恼怒地把肉给扔了。

恼怒归恼怒,遗憾归遗憾。男人们乐陶陶地准备着菜肴,客厅里传送着剁鸭切鱼、说笑打趣的声音。女人和小孩们喜滋滋地等待着残羹剩菜,堂屋里偶尔响起母亲的训诫:"不要老往客厅里跑,让人见笑,等你爹、你哥吃完了,少不了有你们吃的。"的确,根根叔早也想到了,一年到头难得改一两次膳,自己有吃了,也得让老婆孩子解解馋,所以像猪肉、筷子面必定是多准备的。

客厅好大,摆上四五桌还宽敞。落座之后,父兄们便海喝山吃起来。大壶喝酒,大块吃肉,大碗啜面,大声猜拳。真的,似乎只有在这一天里,父兄们才如此豪壮、如此舍得、如此张扬,平日里的升斗小米生计,往常中的肩挑手锄苦累,偶尔间的茫然无奈惆怅,都一并忘却。

"行乐须及春",这浅显而又深奥的理念,可不能让李谪仙独步千古,父兄也超然。

酒足饭饱之后,父兄会端回一份剩菜剩面。母亲将我和弟妹从馋梦中唤醒。吃着那盼了一整天的肉和面,我觉得味道好极了,差点把舌头吞到肚里。上初中后,读到《芋老人传》中"何向者芋之甘且甜乎",再后来看了日本卡通片中一休哥设计让将军觉得米粥咸菜要比山珍海味鲜美时,才真正品味到"时位之移人"的个中道理。

俗话说"远亲不如近邻",居住在一座土库里,不论是同宗本家,还是"土改"后搬进来的新住户都亲情善意、和睦相处。还在我们咿呀学语时,父母就教我们叔婶公婆、兄弟姐妹的称呼,长大后,按辈分叫惯了,倒是叔婶公婆的名字记不清了。叔婶公婆也很呵护我们,每当聚坐闲聊,长辈们的言谈謦笑、举手投足都熏陶着我们。土库里十几个男团女娃很少拌嘴争吵,更不用说打架殴斗了。家长们都管束着自己的孩子,时时以勤劳善良鞭策孩子们:小团叔上山下田是一把手,还无师自通做木匠活,平日里多学点;根根叔的孩子金水书读得好,长大一定有出息;七婶婆的孙子对人真厚道,咱这土库里的人都夸他呢……

雨天,雨点敲打着瓦片,发出一种悠绵的声响。屋脊上弥漫着一层水汽,瓦楞的水流晶莹白亮,似一条条飞瀑落到天井,激起无数个空灵的水泡儿,浮游在水面,让人遐想与沉思。休憩中的土库人围坐在客厅里,从吃饭穿衣到社队家事无所不聊:三小队今年收成好,口粮分了四百多斤,十个工分能分红七角两分钱;国庆节,粮站每人可以供应一斤面粉、二两油;这几天,供销社新到一批深灰色的卡其布,家里有布票的,可得紧着点去剪……

白天,玉婶要到自留地挖地瓜,孩子没人带。玉婶和根根叔夫妻俩在厨房正为这事犯愁时,后厅里传来了细英婶婆的声音:"把孩子交给我吧,根子自去做你队里的事,玉婶自去挖你的地瓜,这事就这么定了。"傍晚,玉婶挑着两筐地瓜回家时,见女儿坐在轿椅旁正哄弟弟呵呵地笑呢,一旁的细英婶婆正端详着这姐弟俩。

夜晚,谁家的孩子哭闹不止,孩子的父母还不知道是怎么回事。隔壁的灼金婶婆就会过来敲门,待到她用嘴唇吻了孩子的额头,看了孩子的舌苔,就说:"孩子不是发烧,是湿热肚子痛,嚼点艾叶汁给他吃吧。"果真,做母亲的把艾叶汁灌到孩子嘴里不一会儿,孩子就不哭不闹了,一眠到天亮。

有时,哪一家夫妻拌嘴了,土库里的男女自会走近劝和。根根叔把做丈夫的叫到客厅,勾肩搭背的一番土话,丈夫脸上立马阴转晴。屋里,玉婶一边给做妻子的抹眼泪,一边用"夫妻狗,夜前打斗,夜后搂"的俏皮话把妻子逗乐了。那时候,没什么治调员,但土库里的人,个个都是称职的治调员。土库里的夜静谧而有杂音,然而,正是因为有杂音,这静谧才弥足真实与和谐。

不在土库居住已二十多年了,当年的小囡儿已在土库外的世界里收获着"种瓜得瓜"的喜悦。也许土库已不再有当年的喧闹，不再有往昔的粗俗，但它依然温馨、依然梦幻。每当节假日回土库看望母亲和长辈们时，我的心田就会涌动着一种儿时的欢愉和人到中年的依恋。我仰望着厅堂上匾额中"蔚若邓林"四个金光大字，觉得土库人的和谐与真诚，不就是一棵棵枝繁叶茂的常青树吗？

家住土库，土库演奏着农家孩童的欢乐，放飞着乡间少年的梦想。家住土库，土库营造着亘古的亲情，传承着历史的真诚。

雕版故里

黄征辉

远地的人们,譬如省外的人们、国外的人们,他们知道四堡,是因为雕版。自明至清,雕版印刷在这个僻远的闽西北山乡,盛极一时。

近一点的人们,譬如本市的人们,前些年他们知道四堡,是因为水蜜桃。四堡出产的水蜜桃,个大汁甜,鲜脆爽口。桃李上市时节,我们这一带的大街小巷,就飘扬着四堡水蜜桃的芳香。名气响了,人们往往在水果摊上碰见了冒牌的桃子。

所以,四堡的大大小小的山冈,一片一片靠着盆地的山坡,几乎都开垦成了桃园。春风起来的时候,站在高处望去,眼前就是一个桃花海了。如果是细雨斜飞的日子,那晕晕染染、红雾蒙蒙的景致，真会把人给看呆了。

而与之毗邻的乡村，早年间许多人都视四堡为"少数民族区域"。一则因为他们的方言特别，较难辨听。二则当地女子的服装格外招惹眼球，类似于清宫里的女装，相传是当地书商从京城归来后仿制而代代流传。其最显眼之处是"大边小捆"，每处衣边均缀有三两圈色泽各异的花边。上身的衣与袖分开，便于下地和做家务活，尤其是明清时期，这里的妇女主要的劳作便是参与雕版印刷，她们的装束不至于使袖口沾上油墨。四堡女装红、黄、绿、黑，相间缝制，诸色皆备。若一行村姑迎面款款走来，但见裙旋袖舞、亮丽缤纷。难怪人们把她们当作少数民族的女子。只是时序更迭，世风大变，现今四堡的年轻女子都不穿这种服装了。外地来这里参观考察的女性，在乡里的雕版印刷陈列馆看到这种衣饰，总想试一试装。

二十多年前我初进四堡时，给我留下极好印象的是那里的"漾豆腐"。这是当地的一道名菜，就是往新鲜的白豆腐中嵌入精肉、香菇、笋丝等馅料，蒸熟后上桌待客，柔嫩爽滑，齿颊溢香，肚子撑圆了，眼睛却还馋着。这时候想起，口舌又生津了。

美食之外，四堡第一次给我以强烈视觉冲击的，是刚刚进入这个山间盆地时见到的那座渡槽。渡槽从头顶长虹般凌空飞过，煞有气势，是四堡人在激情燃烧年代里的大作。执刷摩纸的印书人的后代，弄石攀高，战天斗地，竟也得心顺手、英气勃勃。渡槽下一大片上枧村的水尾林，葱葱郁郁，令人不由叹道：稀罕，稀罕！

以后多次到四堡，都为了见识雕版。乡文化站的老包，从村民的家里收集了一摞墨入三分的雕版、木构裁书机，以及由雕版印成的古书旧籍，挑动起我们对于四堡过往岁月的种种猜想。老包说，雕版所剩不多，大部分已被老百姓当柴火烧了。收藏家们现在都懊悔自己缺少气魄和眼光，没有在几元钱一片雕版时狠心下手，如今奇货可居，一小片的雕版价格已是三四百元了！

时隔多年，今秋我终于又去了四堡。渡槽还是那么雄伟，上枧村水尾那片树木似乎生长得更为茂密葱茏了。平展展的田野上，沉甸甸的稻穗欲黄未黄，栽在田埂上的黄豆，丛丛簇簇，豆荚饱满，豆叶的清香在空气中弥散。田地间少有农人，在初秋夕阳的照耀下，愈显一片静谧沉实的气息。

这一次先去看的不是雕版，而是一座让我心仪已久的桥。依我看来，这是四堡雕版之外最惹人的景物，可是，许多人没有注意到它。诚然，这种桥许多地方都有，广西叫"风雨桥"，我们这一带叫"屋桥"的多。四堡的这一座，当地人称它"廊桥"。它使人极快地联想起美国的著名小说和同名电影《廊桥遗梦》。那是一个何等浪漫天成、凄美绝伦、铭心刻骨的梦，世间有多少人苦苦追求一生而不可得。农人之妻弗朗西斯卡和《国家地理》杂志的摄影师罗伯特是茫茫人海的幸运儿。四堡廊桥，有过这般美丽的梦吗？

在微微的暮色里，我走近这座廊桥。它立

于马屋村村口已三百余年,有一个极柔极润的名字:玉沙桥。在结构上,它与其他的此类桥梁并无太大的区别,首尾和中间皆有殿式杰阁,两边栏杆上方都斜斜地罩着挡风避雨的板篷。桥面亦是鹅卵石铺就,桥墩上叠架着硕大的圆木。与同类相比,它显得分外精巧玲珑,长度仅仅三十米左右。尤其是一株躯干虬曲、枝叶葳蕤的樟树横斜桥前,与桥背小溪两岸连绵的古木丛林前后掩映,浑然一幅宋、元画家笔下的青绿山水。王维到此,恐怕又会吟成一首禅诗。桥头桥尾分别悬着匾书"朗朗上行""活活回映"。何谓朗朗上行?久思,但觉其韵自在。其书迹亦清朗脱俗,与环境十分相谐。遂想,此久泡墨香之地,一砖一梁,一草一叶,都有书卷的气味哩。又想,四堡的先民里,是否有一双或几双,甚至更多的有情人,在此廊桥的诗画境界里发生过缠绵悱恻的情爱故事?要知道,他们曾经在日复一日、年复一年的雕版摩印中,一页页读熟了《西厢记》《红楼梦》。

沿着小河边粗圆石块砌成的小路,缓缓地

走进了马屋村。一座又一座的祠堂,都是当年的书坊,都有堂号。在这些祠堂的横屋天井中,往往能见到当时盛放油墨的石质墨缸,如今斑驳灰褐,寂寞地承接雨水。大门前的一溜平房,或是那时候印书的作坊或是存纸储书的仓廪。其时的四堡,农耕之余,几乎家家印墨飘香,拥有数量可观的雕版便是拥有了殷实的财富。我们可以尽最大的想象力去想象当时此地的热闹繁华。经史子集、农医实用、启蒙读物、小说戏剧等等在各家书坊里大批量涌出,成帮结伙的外地书商络绎前来。车马喧腾,旅店客满;批发零售,开价还价。肩挑、车拉、船运,四堡的书籍撒向四面八方的都市乡村,声称"垄断江南,行销海外"。其间,许多四堡人不仅自己印书,也自己卖书,行踪北至京都,南到海口。前些年,我们大声疾呼增强商品意识、市场观念,似乎我们的民众生来只懂小农经济,却忘记了四堡的先祖们早已显现出自觉而浓烈的商品生产和市场经济意识。

  四堡雕版在清末的衰落,是历史的必然,

无可挽救，无须哀叹。就如随后崛起的铅与火的印刷技术，终于又被今天的电脑照排取而代之。作为一种技术的实用，它是消亡了，但是，作为人类文明发展的一段过程以及它的载体：雕版印刷的工具、产品、场所等等，包括其时的经营理念、经营方式，无疑是一笔珍贵的历史遗存，当珍惜之，当保藏之，当继承之，为后人昭示一条清晰的文化古道。

在马屋村各个安静的院落里，我见着了同样的一幅景象：或一个，或两个，或年老，或年轻的妇女，都在端坐着刺绣。面前木框子上绷得紧紧的是一块亮闪闪的丝布，她们将一个个颜色各异的小晶片或小珠子，按照已定的图案，细心地绣缀在丝帘上。交谈之后，知道了她们手中的物品是用于出口的。不过几年光阴，这种刺绣业如同先前的雕版，进入了四堡的家家户户，年产值数百万元。女人们说，男人到外面打工了，我们也要找些事做的。

翌日，我在乡政府边上的雾阁村散漫地走动着。雾阁村几乎清一色姓邹。当地志载，此处邹氏为泰宁的南宋状元邹应龙的后裔。邹应龙曾任礼、工、刑、户四部尚书,端明殿大学士等职。他生性耿直,治政清明,力抗强权,晚年遭奸党弹劾,回泰宁赋闲。时闽西北卷入战乱,邹应龙携眷来到四堡避难。若干年后,邹应龙奉诏回京,留下三个儿子在此开基立业。《幼学琼林》的增补作者邹圣脉即为雾阁人氏。据考,此村还是现代民主革命家邹韬奋的祖籍地。

村子里一片安宁,孩子们上学去了,隐隐地传来齐声的朗读。各家的院子里,几乎也都坐着埋头刺绣的女子。

在一户的厅堂里,看到一块牌匾,上题镏金大字:"自得",为行书体,遒劲沉厚,随后有一串草书小字,在此类牌匾中,颇具个性。字写得经看,意思也对我的脾性,遂瞄了半响。

路边有一间小店,卖着糖果、啤酒、油盐、味精。店主邹大爷见来了人,连忙招呼,让我进屋,并递过热茶。墙上贴着好几首毛笔抄成的诗歌,诗的作者便是大爷。细读之,见以律为体,颂赞国家大变、人民安康,甚至写到了"神五"升空。问他高寿。嘀,八十八矣!

又随意行去。忽然,一衣着净洁、腿脚利索老妇从院门走出,截住了同行的乡雕版印刷陈列馆的小吴,咕噜咕噜地说了一通。

我听不懂他们的方言,待老妇转身回屋,我问小吴:她说什么?

小吴道:她说他们家祖上也是印书的,也是有堂号的,为什么我们馆里的堂名录中漏了他们家的?

我说:为什么呢?

小吴道:遗漏的不只这一家。

我问:她怎么就计较这个?

小吴笑一笑:你说呢?

这是一个细节,一个名副其实的细节,却使我心中一阵怦然。

蓝天里的太阳,目光暖烘烘的。它打量着我在雕版故里的踽踽脚步。

宁洋古韵
陈慧瑛

听说有个宁洋古镇,有人文的地方就有诱惑,便一心渴望前往参访。

宁洋离城一个多小时车程,几乎全是盘山路。沿路而行,望不尽的樟树、夹竹桃、锥栗;仰视青山,一色绿毵毵的茶园,不见一点裸土。每年三四月间,这一带山花烂漫,杜鹃、紫藤、樱花、葡萄、洋紫荆、碧桃等等,真是沸沸扬扬看不尽的花山花海。

抵达宁洋,只见黑瓦白墙、古朴如先秦两汉的古民居之间,一片翠汪汪一眼望不到头的百亩荷塘,白荷与粉荷在秋阳下风姿绰约,悠然绽放,有缕缕清香随风而来令人五内俱爽,自然而然想起杨万里"毕竟西湖六月中,风光不与四时同。接天莲叶无穷碧，映日荷花别样红""红白莲花开共塘，两般颜色一般香。恰如汉殿三千女，半是浓妆半淡妆"的咏荷名诗了。

宁洋位于漳平北部，地处九龙江北溪上游，与永安接壤，境内海拔千米以上高山有八座。古镇青峰罗列，碧水萦绕，秀色可餐，文化古迹众多。据《宁洋县志》记载，早在商周时代，就有人类在此繁衍生息。1988年7月，考古发现的石锛，印有篮纹、绳纹、回纹、网纹的罐、钵、盆、尊、鼎等陶器残件，就是见证。历代以来，此地多属龙岩县管辖，直到明隆庆元年，才设置宁洋县，1956年撤县改双洋区，1984年改乡，1989年建镇。我问，结识宁洋，从何开始？

"简单！就是一二三四五，我带你一路走去！"

"一"是一塔——麟山塔。我们沿着古树掩映的麟山古道拾级而上，到达山顶祝圣寺，便见矗立在麒麟山上的圆觉塔，又称"麟山塔"，在初秋的艳阳下肃穆端庄，熠熠生辉。它建于明万历三十年，塔高七层，为砖构密檐楼阁式八角形佛塔。塔身雪白如玉，俗称"白塔"。塔门朝西，有楹联"古塔从新屏佛顶，远方依旧铺神阶"，字迹刚劲有力。登塔顶远望，宁洋镇人烟稠密的古厝新楼、纵横交错的田野阡陌尽收眼底。清朝诗人陈广赓有一首诗"凭栏眺望景幽清，翠荫禅林古木横。夹道竹松楼外屋，万家灯火塔边城。磴凝云气留山色，风入溪流送雨声。饱沃僧橱忘酷暑，不知人在雪峰行"，正是此塔胜景的最好写照。

而今，历经数百年风霜、与苍松古刹朝夕相伴、庄严秀丽的麟山塔，依然是故乡父老乡亲和远方游子心中的圣塔！

"二"是二庙——文庙和关岳庙。来到位于双洋小学内开阔大气、彩绘一新的供奉孔子先师的文庙，心中涌起一份远古的思念，还有对古镇尊重人文的崇敬！文庙创建于明万历六年，清嘉庆、道光、同治年间曾先后重修，2002年，镇政府再度重修。现存大成殿，面阔五间，重檐歇山顶抬梁穿斗式土木结构，颇为壮观，斗拱、屏风、廊柱都渗透出深邃的文化底蕴。大成殿后有崇圣祠,供奉孔子及上辈先人,两厢设诸先圣哲牌位。

关岳庙始建于明代,清顺治八年扩建,康熙二十年重建,嘉庆十三年重修,歇山顶抬梁穿斗式土木结构,面阔三间,主殿基本完好,关、岳彩塑栩栩如生、正气凛然。

宁洋人民敬仰孔子、关羽、岳飞,崇文重教尚义之风盛行,由两庙兴盛可见一斑!

"三"是三戏。双洋镇文化底蕴深厚,传统民间文化有汉剧、木偶戏、改良戏。

汉剧也称"外江戏""乱弹",传承至今已近百年历史,在广大农村中生命力极强,深受群众喜爱,现在已经被列入了第一批国家级非物质文化遗产名录。双洋镇业余汉剧团前身是1914年由吴世杰创办的"大锣天"汉剧班,当时的"大锣天"名盛一时,后更名为"新景天"。现剧班三十余名农民演员能演百余部戏,长年在永安、漳平等地演出,每年开展"文化下乡"活动,演出都在百场以上,深受当地群众喜爱,是双洋镇民间艺术中的一朵奇葩。

木偶戏始于清末,由上杭、永定一带的游散艺人传入,抗战前后,先后建过十多个木偶戏班。木偶戏的传统剧目有《大名府》《天仙配》《郭子仪拜寿》等六十多个,是群众最熟悉的戏剧艺术之一。

改良戏的前身是歌仔戏,它的基础是锦歌、车鼓、采茶调,并吸收白字戏、四平戏的艺术形式,由于语言、曲调通俗易懂,且曲白纯用方言,深为百姓喜闻乐见,是漳平流传最广的剧种。

穿过田野村庄,来到景德堂木偶剧团。只见一片黑压压的妇孺老幼,坐在戏台下,喜眉笑眼地看戏。台上,木偶演员正使出浑身解数,声情并茂地出演《打金枝》。那形神毕肖、诙谐活泼的表演,一招一式都叫人忍俊不禁。民间艺术的魅力,在这乡间舞台,发挥得淋漓尽致!

当然,宁洋的民间文艺不止"三戏",脍炙人口的还有舞龙、舞狮、竹马戏、采茶灯、花船等传统民俗活动。每逢元宵、妇女节、中秋、国庆、元旦等节日，东、西洋的龙灯，金坑的竹马，中村的舞狮，以及采茶灯、花船等表演活动，在双洋圩上争奇斗妍、色彩斑斓，令你走过了，看过了，就再也忘不了啦！

"四"是四桥。明古廊桥是宁洋古城的标志性建筑，也是双洋古镇最具特色的文物古迹。东、西洋两村两道山溪在镇边汇流，溪流之上有数座古意淳淳、古味盎然的木廊桥。这些廊桥，均为石墩双孔梁式廊屋桥亭建筑，木质桥身，顶上覆以灰瓦，犹如蛰伏溪上的一条条修长秀美的卧波蛟龙，那返璞归真、典雅明丽的风姿，那实用而科学的建筑技巧，那粗犷而不失细腻、别具一格的艺术魅力，折射出先民的审美情趣和高超技艺。其中，明清时期建造的"太平""青云""登瀛""化龙"等四桥闻名八闽。

我穿过古镇上一条条斜阳里花影扶疏的青石板小巷，漫步于一座座古色古香、悠然如梦的廊桥，透过历史的风烟，依稀可见它昔日的美丽与辉煌。

四桥之中,最热闹的是太平桥,每天,无风无雨的晨昏,百姓总会闲坐廊桥上,或清谈,或歇息,或弈棋……一派清明上河图般的繁荣景象。

我更为喜欢古朴清净如哲人的青云桥。溪水从桥下潺潺流过,有丛丛芦苇在秋风里低吟浅唱。桥头,一座高高的古堡,朝朝暮暮俯视着清溪,它们无声的对话天长地久!

清乾隆年间建造的化龙桥,几经兴废,如今依然飞架溪流之上;登瀛桥横跨元当溪,经清顺治十二年、嘉庆二十年重修,现仍风采依然。

漫步宁洋廊桥,想想古桥或耸立山巅之间,或横跨急流之上,数百年来,与山水相伴,与风霜抗争,留一份扶老携幼的爱心在人间,留一个靓丽倩影在人世。廊桥,真是可敬可爱的不老美人呢!

"五"是五堂。宁洋原有明、清两代古民居百余座,至今保存完好的还有七十多座,以"景德堂""成德堂""怡庆堂""聚德堂""承启堂"等五堂为最。古民居均含有大门、天井、正厅、后厅、厢房、辅厝、横屋、门楼、厅龛、柱础、窗棂、石旗杆等,有的虽已斑驳陈旧,甚至只剩残垣断壁,但仍不失典雅精致。

来到规模宏伟的成德堂,这座建于清道光十三年的土木结构建筑,原有百间房屋,现存四十七间。北边为学堂,厅堂中有漆金横梁、木刻窗花、彩绘壁画、石雕柱础,装饰工艺精湛。这里的一木一石、一砖一瓦,皆精雕细琢,一花一草、一虫一鸟,全形神俱佳,散发出浓郁的古典艺术气质,漫步其间,可以让你一点一点地咀嚼、一遍一遍地回味历史的厚重与沧桑。

让我流连忘返的是位于东洋村的怡庆堂,又名"出水莲花"。古厝无处不在的精美彩塑泥雕以及种种高超工艺就不去说它了,仅门前莲香飘逸的百亩荷田、曲折有致的木栈道、鹅卵石步道,还有袅娜墙头篱边的满目山野黄花,就让你有穿越时空隧道,走进陶渊明故乡的感觉了!

当然,宁洋古韵,何止"一二三四五"。这里的自然景观奇美神秀,高山巍巍——马山、紫云洞山、天台山从东到西一脉相连,组成一道雄伟壮阔的天然屏障;三山景区和九鹏溪景区如众星拱月,环绕着美丽的宁洋古城。

这里的龙潭石窟、山崖飞瀑、凌云古桥、丁香树林、古驿道和始建于宋代的天台庵、舍利塔等,吸引了无数慕名而来的游客。明代著名地理学家、旅行家徐霞客两次泛舟游历此地,他用清丽的文笔,赞美此处山川的奇秀、溪水的旖旎、涧滩的曲险。这里,数不尽的青山碧水、百树千花、溶洞茶园异彩纷呈,让人目迷五色、赞叹不已。宁洋古城犹如万山丛中一块天然的祖母绿,岁岁年年焕发异彩,顾盼生辉!

长在我童年眼睛里的故乡

蒋庆丰

我的童年是在周宁县的高山上度过的。周宁的山山水水是哺育我长大的母亲，所以我将它冠以"故乡"的尊称，一直寄托着我的桑梓之情。我的故乡，大部分村庄潦草地摊在田野之间，山坳的皱褶里，或者溪流的堤岸上——我曾读到一位作家朋友对村庄的描述，他说的那种景象唤起了我对少年生活的无尽回忆——几截龟裂的泥墙和乌黑的椽子，炊烟低低地缭绕在潮湿的瓦片夹缝中，老杉树阔大的枝干串入云天，村尾的坡岭上一丛丛杂树长出的野果没等成熟已尽数落入我们的肚子里，重叠而上的农舍之间大大小小不规则的石块草草砌就的台阶，公鸡抢在黎明到来之前争先恐后地啼叫起来，瘦巴巴的生产队长披一件蓝裯子站在晒谷场中央，操一口方言抑扬顿挫地骂人……现在，这些村庄正在急速地向我的记忆深渊沉没。

几十年过去了，从城市到城市，我们栖身的居所也从这座火柴盒式的建筑移到另一座火柴盒式的建筑，我们囚禁在钢筋混凝土构筑的寓所里，几乎每天都按部就班地工作生活着。突然有一天，回到我两岁时住过的地方——周宁咸村，这座千年古镇，单就一个川中村竟然还有五十多座保持较为完好的明清古民居。重门深巷，青砖黛瓦，让我驻足探寻它所经历的风雨，深情注视一眼它身上斑驳的年华，惊叹它的古朴、端庄、宁静，一种邈远的情思顿时袭上心头。就如我们读了太多雷同化的拗口现代派诗歌，偶尔回到唐诗宋词的意境中，先人所创造文化的沧桑与美丽，以其亘古不变的价值，让我久久回味、感动不已！

我再也见不着那披着蓝裯子愁眉不展的生产队长了，来村口接我的，是穿着西装开着小车的村主任。

桃源溪，霍童溪的一条支流，咸村镇的母亲河，依然是那么清澈地流淌着。在桃源溪右岸的桃源深处，坐落着一座叫川中的美丽山村。

山区的冬日无力而慵懒，并没有带给人们多少暖意，披在山间的雾气还没有完全散去，氤氲浮动，给迷蒙的道路增加了行驶的艰难。从周宁到川中，近四十千米的路程，一路下坡，有的路段因修高速公路，道路破坏得很厉害，泥泞崎岖，车子在颠簸中缓慢行驶。沿途在竹林间、山坡上、田垄边不时闪现出那些干打垒的土墙房。这些远离城市的土墙房，简陋而残破，还有些坍塌的窑址，荒草快要将它淹没了。这个早晨，我看见时光如同冬草那样缓慢地生长。也许缓慢也是一种执着，山村在变化中一直执着地坚守着农耕时代留下的古民居，淳朴简单的生活方式，敬祖好学、克俭勤奋的儒家精神，缓慢得让我们能屏住呼吸，感受岁月停滞下来的美丽。

我曾在咸村住了三年，那是我不谙世事的三年，几乎没有留下太多的记忆，唯一留下的是心底的创痛——我年幼的弟弟自然灾害那年夭折在那里。后来,就是沿着这条路——那时只是条山路由下而上(父母调离咸村到七步卫生院工作),请了一个挑夫,一边是我,一边是妹妹,走了整整一天,才把我送到目的地。由桑梓念及父母弟兄,不禁让我悲痛泪流。在之后漫长的漂泊中,我把家筑在都市里,但内心却常常无所依靠,童年的回忆就成了我对故土最深沉的眷恋。

美丽的村庄总有一条美丽的河流,而川中村还不止一条河流。流经川中的桃源溪源于鹫峰山支脉,在万山丛中曲折萦回,一路汇纳无数条山涧溪流,潺潺湲湲奔流而下,缓缓降至河谷地带,桃源溪和川中溪交汇河汊的冲积三角洲的川中河西岸躺着的那个古村落就是川中村。周宁建县时间短,有文字记载的史志资料大部分只溯源于宋代,而具有丰富文化积淀的川中村则肇始于唐朝,堪称周宁古文明村落之首。据川中《汤氏族谱》载,其始祖汤耳于唐元和元年生于宁德黄檀,后与其弟汤鼻举家迁至里渺兴居（今川中）。当年汤耳到此看到四面群山合抱，"东崖狮舞，西岸虎踞，鸾翔北麓，象卧南疆"，一条清流碧水（桃源溪）由北向南流，形成一块谷地平原，肥土沃野，一条河流（川中溪）环绕而过。先祖不禁为美景所陶醉，于是认定此地堪居。汤鼻唐大中年间考中进士，任长溪县（今霞浦）知县，后任晋陵州知州。后汤氏兄弟辞官后回村垦荒种田、务农为生；唐咸通二年（861）捐舍基地建凤山寺，造普济桥，积德行善，为世人所称羡。汤耳晚年遣长子汤让迁居咸村之梅山，次子汤谦迁居玛坑之孝悌，三子汤讲留居川中，世代繁衍生息，形成汤氏望族。汤耳卒于唐景福二年，享年八十八，墓葬川中南山岭。其故居遗址现尚存一对石狮，虽经历千余年雨雪风霜，总体保存完好，是古代文明的历史见证。该石狮之造型与福安廉村薛令之（开闽第一进士）故居门前的一对唐代石狮子完全相同，确认为唐代文物。

千百年来，川中人开垦着土地，沐浴着阳光，抚育着自己的后代，过着几乎与世隔绝的世外桃源生活。

咸村的古迹甚多,但都不成体系,最有名的当属凤山寺。它位于川中村北,又名"崇胜寺",繁盛时期经历宋元明清大几百年,规模最大时寺僧达上千人。蹊跷的是,明永乐年间凤山寺九百多名和尚一夜间从人间蒸发,不见踪影。对这段历史掌故无人知晓,也许有些故事本来就讳莫如深,从此酿成了一个历史之谜。在宁德五大禅院中有个说法叫"一龟二凤三支提四潆山五仁安",其名气摆在久负盛名的支提前面,可见凤山寺在闽东佛教界的地位之高。

凤山得名,明进士晋安黄世德的《建寺志》载:"东北出县百里许,群山嶙崒。前支提,后檀香,左梅岭,右桃园。独中峰秀出,冈峦翔舞,如凤仪之状,名曰'凤山'。"清乾隆二十七年版《福宁府志》也载有:"凤山在十四都,矗立万仞,旁分两翼如飞凤。上有凤池,又有圣僧岩,相传罗汉圣僧现其中,紫气缭绕,音乐腾沸。又有虚实岩,八面玲珑。又有卓锡家,旧传僧湛庵遇大旱无水供浴,乃以锡杖卓地,泉水涌出。"

在当地朋友的带领下,我怀着朝拜者的虔诚来到了凤山寺遗址寻觅胜景,据说当年高墙一直围到了公路边上。整个寺庙层级而上,错落有致,正殿在遗址中央,地面皆由规整的青石条铺就。站在正殿遗址上环顾四周,枕山、环水、面屏。耳畔不禁回想起清代乾隆间福宁郡守李拔的诗句:"天外飞鸢奠海疆,肯教凤顶独朝阳。等闲矗立三千丈,百鸟回头不敢翔。"在此凭吊,不禁让我唏嘘黯然!

从川中到洋中只有十几分钟的路程,洋中村是乱世廉臣孙翼如的故里,它坐落于桃源溪左岸,有古宅两百六十多座,里厝大房就有十一座。四座祠堂,雕梁画栋,宏伟壮观,花鸟、山水、诗词镶嵌其中,古色古香。村中还有私塾四座,分别是文昌阁、奎星阁、池亨、大地厝书馆,一个狭小的村落居然有四家私塾,可见先民对文化教育的重视。

其中文昌阁最为突出。沿着洋中村南路漫步三五分钟,就到了坐落于清澈见底的观涧溪畔的文昌阁。此阁于清同治五年始建，前有楼阁，中设书房，后为殿堂。

在周宁县文史资料中对文昌阁有很翔实的记述，文昌阁在地理、人文、建筑等方面均别具一格，堪称桃源文明之象征。宅坐南向北，站在大门口北面远处的笔架山峰就一目了然，触景生情，联想翩翩，潜移默化，陶冶学子文人学业情操。大门楣上横亘一块双龙盘绕的"奎光阁"匾额，这是上辈人借用神话中主宰人间文章兴衰的文曲星——二十八宿中"奎星"来庇佑而命名的。大门背面墙上是块"藻发儒林"牌匾，顾名思义，它是兴旺儒林的吉祥语，又是建阁之宗旨。"藻发儒林"既表达了建造者的祈求，也表达了上天给予的恩赐；既是学子美好的心愿，又是师长喜悦的祝贺。踏进大门，脚下是一截大路，两旁天井里是花档，形如翻开的书本。人在路上走，意如书中行，花草相衬，使人倍增"春华秋实"之感！再连上五级"马腿"台阶，就是聚星楼了。殿堂是单檐硬山屋顶穿斗式构架，嵌有浮雕图文。殿堂落成后，这宽阔的堂面就成了求学授课的重要场所，加添书房后，这里便成了桃源八景文化中心。殿堂中间是孔夫子画像，供学子们朝夕朝拜，后来才改塑了实像。

聚星楼也称"奎星楼""魁星阁"，远处望去，这个三层的"尖"字宝塔，气势雄伟，巍峨壮观，给人以"凌霄画栋势崇隆，棱角峥嵘气象雄。喜见奎标楼十二，文光直射斗牛中"（录古文人孙贻谋诗）之感。聚星楼基座是一个八边形三合土大墩，地面上采用三檐八面攒尖屋顶穿斗式木构架建筑法，造型大方，内装饰有斗拱藻井、彩绘图案，整座楼房工艺精巧美观，建造不但巧夺天工，而且深含喻义，令人联想。楼顶层八面均为圆形窗口，采用白色窗墙，红色圆框，红白相衬，既美观和谐，又隐喻着那一个个红圈是等着圈阅学子们佳文妙句，以激励人们的上进之心。中层是八边形窗口，却采用白墙黑框，这黑框犹如文房四宝之砚台，恰如其分地提醒学子文人要磨炼笔墨。楼房有一架小梯，供人登楼游玩之用。你若有缘登楼，居高临下远眺，桃源八景历历在目，定会心旷神怡、流连忘返。这正是："登坛握管气横冲，万象森罗锦绣陶。翘首楼头云路近，仙踪何处可追从。"

楼后正中有大路通往殿堂，路两侧为天井花档，天井旁依墙建有两排共十个书房，书房建造简易，只能容纳一床一桌，设备简陋，是专供学子单独攻书写文、应试答题之用。据说书房是办学后修建的，故意修建得有点寒酸，特让学子体验"十年寒窗苦"之意，激发专读圣贤书之志。小路曲折是教育学子，学习上没有平坦大道可行，激励他们不畏劳苦，努力攻书，以达到"书山有路勤为径，学海无涯苦作舟"的目的。

在川中和洋中，地下泉水、古井也是千年古迹，也是十里九村的特色，上古先民迁居择里首先要看水源如何：源深流隐，位高质优，清澈甘冽，冬暖夏凉。在冬枯夏旱之季，依然取之不竭，寒暑水温不变。数九寒冬温水如汤，热气腾腾，三伏酷暑，水冷如霜，刺骨冰凉。

而今自来水管道早已蛛网似的通往民宅，但还是有人喜欢到古井里打水，用这样的水沏茶，喝了全身通泰、神清气爽。

越过一座石拱桥，穿过嘈杂的街市，水泥楼宇和拼贴着花砖的墙面贪婪地吮吸冬日淡黄的阳光，街边圩市凌乱的摊位摆着花生糕饼、鲜果、制作的灯具和剪纸，还有一些花花绿绿的小电器产品等，将我童年的记忆拉得好远。是的，两岁到五岁的孩子还没有形成记忆，但我对故乡的希冀也许就是感觉中一片心灵的净土，陶渊明式的精神家园那是成人后开垦的一片理想国。同行的咸村镇一位干部对我说，来咸村工作几年了，好像没什么特别的景点，问起凤山寺她也是一头雾水。让她微感自豪的是文昌阁。川中也有一座文昌阁，规模没有洋中那么大，前座八角造型，三檐斗拱抬梁式，木砖瓦结构，天花藻井，中间有一口荷花池塘，是这古村落"耕读文化"的标志性建筑物，古为川中生员读书作画的场所。而今虽已斑驳，但从当地村民对它敬畏的眼光中依然可以感觉到存着这个村庄文化精神的魂魄。

我陆陆续续走了几座古厝,和我在周宁七步生活时的村庄房舍大不一样,显然历史上这里要比七步繁华许多,大户人家的房子一溜儿排开,毗连相接,高墙深宅,高屋华堂,朱漆大门后面掩藏着的是一代代茶商豪富的传奇。而我记忆中村庄里老房子是窗户又窄又小,内部光线昏暗,厨房桌面上放着发出馊味的饭菜,厅堂上的木制桌椅已经磨得铮亮,还有屋角的锄头和畚箕、粪桶,悬挂在房梁上的棕衣,一台破旧的手摇吹谷机。登上二楼,踩着吱吱作响的楼梯,看到那里堆积着晒干的稻秆、箩筐和给牛过冬的草料——那是小时候捉迷藏的好去处。老房子主要是用木条和黄泥墙搭盖的,坐落在石块垒的墙基之上。传说这些老房子冬暖夏凉。年深日久,一代又一代的老人陆续死去,新生的婴儿呱呱坠地,长大成人。房子的横梁和柱子慢慢变黑,泥墙被雨水冲出了一道道弯曲的纹路,整幢房子仿佛在土地上生了根,若干藤蔓沿着墙根爬了上来。

眼前洋中村的民居在结构上一般是马房、"六窗门"、大门、仪门、厢房、天井、前厅、后厅、后天井。宅院雕梁画栋,古意横秋,尤其是门楼、楹联、匾额、吉祥图案等,承载着当年主人文士、商贾的辉煌与深厚的文化内涵。稍有规模的民居在结构上有厅亭、大门、厢房、天井、大厅、后天井等。还有由形状、大小、颜色接近的鹅卵石拼就的图案,如果置之于较大的区域内则过渡性极为明显。有青花岗石的迎门石门、倚石、梁楣,进门是木质屏风,屏风后是前天井,正后厅还有小天井,两旁是厨房,相连之房屋二楼均有小门互通。而楼厝又称"半高楼",外观结构工整,正厅上方有楼厅,这楼厅比二层楼面高三尺,故称"半高楼""走马弄"。此外,洋中村的水沟设计十分科学,从村头溪坝上放水,就可以把全村水沟冲洗得一干二净。

房屋一般坐北朝南,也有大门向东的。多数是砖木结构,青砖青瓦,部分土墙,也有下半部土墙、上半部空心砖墙的。照门,亦称"二道门",入门就是建筑物的第一道空间,所以这照门作为屏蔽,使人无法窥见宅院内部,作为标志,既是本宅院的"徽记",又给人以空间变换之感。因其所处位置显要,建造材料、造型等都十分讲究,或作书法,或镂空精雕细刻。照门平时一般关闭着,人们进出要绕左右偏门及走廊,只有尊贵客人光临或办喜事才能开启。由偏门入则到了两厢房,规模大的厢房有三间,中间一间是花厅,两厢壁雕花窗格,或描写历史人物,或雕刻飞鸟虫鱼,在这样的环境下,耳濡目染,传统儒家教育随处可见。屏风后面即两厢房,是前天井,围以青石条,底部铺以三合土。有的民居还在天井放置大鱼缸、石花台,养鱼或种花。天井上方照壁常描边绘画,请书法名家题词。正厅高大庄严,有的正厅上方铺了两层楼板,那是防止楼上有人走动时灰尘掉下来。正面照壁前一般有几桌,几桌前摆着八仙桌,两边各放太师椅,两把太师椅中间有放茶杯等的小案。正厅两侧的房间一般有八步床。过卷门就到了正后厅。正后厅还有后天井，天井左右有高一米多三合土围栏中间空出，天井中一般也有大鱼缸、石花台。通过回廊到达两侧的披榭。有的民居沿墙边设一米宽暗弄通前厅，称为"走马弄"，据说专为妇女而设。此外，房屋的廊沿、檐口、桅柱、窗棂、门楣，到处可见雕刻的吉祥图案：蝙蝠、喜鹊、牡丹、莲子、白鹤、梅花、如意等。房子一般三层，规模有四榴、六榴、八榴，有三座透后，比邻连接，前后相通。屋深，房间多，安静实用。

年关将至，洋中村民忙着"掸尘"，打扫庭院，冲洗板壁，粉刷墙壁，清洗被褥家具，迎接除夕来临。"大夫第"主人准备给大门贴上春联，正好遇见我来采访，主人放下手中的活和我唠嗑起来。"大夫第"这名字让我感到很亲切，能承此称号的一定是本地德高年劭的大户人家。一问果然是当地"名门望族"，而且他在省城工作的兄弟和我还十分熟悉。主人姓孙，一家五兄弟除了老小，其他几人都在外面工作，母亲虽然年迈，已百岁高龄，却不愿意离开这里。和我认识的老四，现在福州海峡职业技术学院担任院长。老二孙芳傅刚好回家探亲,对家乡有一份掩饰不住的热爱,不停地和我们讲解古民居的构造,一定要让我看一看墙壁:糯米汤浇在黄泥里夯成的,足足两尺厚,炮弹也打不穿。大门口气派的青石门当、门楼上的雕花、高高挑起的飞檐翘角和屋脊上辟邪的百兽、厅堂里形状古拙的柱石和柱子上笔画遒劲的楹联……大厅正对面是个天井,正午的阳光照射下来,给古厝抹上一笔明媚的色彩,沉寂的大院竟然生动了许多。天井正面墙上有一幅硕大的"福"字,是用水泥塑的,并涂上油彩,憨态可人。仔细一看,每个笔画都是一只蝙蝠的造型,民间常用蝙蝠寓意福到人间,取其谐音寄寓美好的祝愿。大夫第的门窗都还保留着精致的透雕图案,刻一些传统故事里的人物形象,生动活泼。这些图案能留存几百年,也印证了古民宅主人守业的细心。可惜的是在进门厅第一个厢房的窗棂上雕刻的一件图案不知何时被人挖走。大夫第前后天井都置放着一口大鱼缸,既可养鱼观赏,又可储水消防。

与大夫第相连的还有几座大厝，它们相互独立又通过外围墙而成为一个有机体，只要大门一关，外面的人就无法进入。每座间均有过道相通。宅里仓库有粮食，井里有水，柴房里有柴火，菜园里有蔬菜，还有自养的各种家禽，即便被土匪围困几个月，这种传统的自给自足的经济方式仍可确保古厝里的人生存无虞。

在要离去的那一刻，我回望一眼那高高的封火墙，思绪顿时被浓厚的古宅文化所包围，那青苔的墙体上沁出"和合"的东方气质，温暖心田，较之城市冰冷的让人隔膜的石材和混凝土建筑，它的气韵贯通人文气味，那是值得珍视的东方之大美！它庇护着生命，自己也成了一个有生命的载体——"以土承载，以木环绕"的生命文化。

我的童年，散落在父母频繁辗转在周宁山区工作的地方，咸村可以说是我人生的第一站。我亦带着那份懵懂、无知与童真踏上了漫漫人生路。而后我离开了故土，离开了故土上的泥墙、灰瓦、雕窗池塘……时光的尘灰布满了我心灵的皱褶，使我看不见茂林修竹、风景如歌，却只看到车水马龙、人情世故。在城市的噪声中，你让我如何去面对童年般清澈双眼的凝望？是啊，童年也许还是一个哲学命题，儿童是成年人的"父亲"，是精神重返家园的召唤。即便现在年事已高，我还会在某个夜深人静的梦里惊醒过来，仿佛回到了一个叫作"童年"的人生路标前，在古厝的天井边和滴落着雨水的屋檐下唱起呀呀的童谣，去品尝挂在房檐上竹篮里那清甜的桂花糕，那桂花糕里的祖母味。我就在那里一天天看到蔬菜和家禽真实地生长，并在每一个漂泊的渡口，寻回自己"心灵的原乡"。

所有的文化人都有着乡村情结，所有的乡村梦想都通往理想中的桃花源——"土地平旷，屋舍俨然，良田、美池、桑竹……"咸村，也许也在世事纷扰中变化着，但它带给我的纯净美不胜收——那是永远长在我"童年"眼睛里的故乡！

时光倒流几道巷

璎　珞

仓山区阳岐村几道巷外，两棵榕树在一条河的深处盘虬卧龙，浓荫努力撑开成伞，于河道旁民宅里尽情伸出臂膀来接应它的枝丫，在凋零的秋意里，竟拥揽成一片隐秘的翡翠庄园。小村的古老溪流——阳岐浦蜿蜒而行，静静地淌出小村，向外借一条路到达乌龙江。阳岐浦历史上是福州水路交通要道。唐至北宋，福州向南的主驿道从这里经过。这个古老的村落引起人们注意的最重要原因是这里诞生了中国近代史上里程碑式的伟人——严复（1854—1921）。严复原名宗光，字又陵，后改名复，字几道，近代著名的翻译家、教育家。

从福州市区出发，上南三环，到了湾边立

交桥，桥下有个转入阳岐村的巨大指示牌，在指示牌前方有段斜坡公路上去即是严复的祖居地阳岐村。严复曾作诗《梦想阳岐山》："门前一泓水，潮至势迟迟。"此泓水必是阳岐浦。《严几道年谱》言及阳岐"溪山寒碧，树石幽秀，外临大江，中贯大小二溪，左右则有玉屏山、李家山、楞严诸丘壑"，可见阳岐村风景之优美。站在几道巷外的河旁，刚好涨潮时分，潮水把小村衬托起来，仿佛一叶秋色轻浮在云端。假如时光倒流一百年，那时潮涨，卧龙般的榕树、河对岸的玉屏山庄倒映在江河里，道旁满院落花随风卷，是怎样一番美景呢？最是惊艳人间无限好吧。

"世事了如春梦过，夜潮还与故乡通。"在严复的《和寄朝鲜金泽荣》诗里，故乡、明月、河流都是一场春梦般的世事，遥远得恍如隔世，却令他魂牵梦绕。严复九到十一岁期间在阳岐村几道巷的大夫第跟随五叔父严厚甫秀才学习。十四岁父亲病故后，他又随母亲回到祖居大夫第生活。祖居地的童年时光对严复来说是一生最难忘的，何况阳岐村人文历史底蕴深厚，值得玩味的地方太多了。

阳岐宋时十分繁荣，现保留了不少的古渡口，还密布各种保佑水上航运、人行水上平安的庙宇，如尚书祖庙、忠肃祠、临水娘娘陈靖姑的毓麟宫、凤鸣寺、观音阁、北极玄帝庙、薛太师祖庙等，还有严复晚年住过的玉屏山庄和严氏宗祠，是今人全面了解严复的重要管道。

阳岐以一条溪水为界，分为上岐与下岐。横贯阳岐浦上的一座建于宋元祐四年、青石板铺就的小桥，东西走向，名"午桥"，东头一棵古榕遮天蔽地。据说，桥栏上的"午桥古迹"系北宋蔡襄所书。

过了午桥，寻几道巷到严复祖居大夫第。即使今日阳岐村呈现一幅衰老风霜面貌，却无法使人错漏那些曾经华丽的深深庭院。它们有的与严复祖居毗邻，有的隔岸相望。当地村民说附近高氏府邸、陈家大宅曾经风光不可一世，还有午桥旁耸立的一栋欧式建筑风格的两层小楼也不外如是。

严复始祖严怀英曾官居朝议大夫，故严复祖屋常年悬挂一块"大夫第"的匾额。大夫第现为全国重点文物保护单位，曾于明代翻修过，依然保持原有的砖木结构。房屋两进，前面有一个天井，后面是一座庭院。门外立着一块石碑，上书"阳岐严复故居"。严复当年随五叔就读时，私塾就设在大夫第前座，严复就住在祖屋墙外的一间披榭中。

严复孙女严停云在其著作《吾祖严复的一生》中写道，他绝不愿意因自己缘故把已住在那儿的族亲赶出去。这便安于那两间小木屋，靠母亲和妻子为人绣花、缝纫所得的微薄收入过日。常常早上出门没吃什么东西，经过卖"鲭仔"（家乡特产，生腌的一种小鱼，其咸无比）的小担子，给贩者一个小钱，两个手指头拈起两三尾小鱼仰面往嘴里一丢，一面咀嚼着一面昂首阔步地走着去。祖父成名后，那介于祖居和破屋之间的小弄道被称为"几道巷"。至于他住过的那两间小屋，则因年久失修倒塌而被拆除了。

"几道"福州方言即"石阶"。此一说为严复自称"几道先生"的由来。此几道巷原有阶梯通往后山的严氏宗祠的,如今已无踪迹,但仍与严氏宗祠道路相通。

严复十四岁离开阳岐村,以第一名的优异成绩考入沈葆桢创办的福州船政求是堂艺局,从此与阳岐村一别就是五十年,但一直梦回阳岐村,所以晚年曾在阳岐村李坨山中的玉屏山庄居住过一段时间。山庄属同村清末邠州知州叶大庄所有,有二十多间房屋,村河环护山庄,景色宜人。叶大庄去世后,玉屏山庄被分割出卖。严复购了其中一座单进住宅,作为他的晚年住房和三儿子严叔夏结婚的洞房。

严复后来写诗回忆在阳岐的生活:"我生十四龄,阿父即见背。家贫有质券,赇钱不充债。陟冈则无足,同谷歌有妹。慈母于此时,十指作耕耒。上卷先人骸,下养儿女大。富贵生死间,饱阅亲知态。门户支已难,往往遭无赖。五更寡妇哭,闻者隳心肺……"

一百多年过去了,严复留给我们的是一道

遥远而光辉的历史背影。漫步阳岐村,看看那人世变迁后的古旧模样,孩童从午桥嬉笑走过,仿佛看到了少年的严复,及其少年时代苦难生活的历史背景。正因为少年时期的艰难困苦,使他能在简陋破屋中发奋图强,思想早熟而深沉,内心对国家民族的繁荣复兴产生了强烈的家国责任感,日后才能发展出复杂却超前的思想。也是这样的乡间生活,培养了他一种闲适从容的性情,而致力学问、精益求精,成为一代大学者、大思想家。

1910年,严复为归葬亡妻王氏,令长子严伯玉选址监造墓园,址在阳岐村上岐的鳌头山,1921年,严复病逝后葬于此,现为全国重点文物保护单位。

严复在世时为自己的身后作了如此安排,说明他对祖居、故园的深情,怀着落叶归根的传统理念。关于鳌头山,严复在《怀阳岐》诗中如此描写:"鳌头山好浮佳气,崎角风微簇野航。"严复在世时鳌头山是离福州城区非常偏远的一座山丘,古代为军事信号台,因山顶有巨形怪石如海龟而得名。

严复墓园造型像鳌头的额,面朝东南方向,与对岸五虎山隔江相对。墓园为凤字形,土石结构,五层墓埕,环以围墙。墓前石墙设有两个铁门。进入墓园,拾阶而上,第三层墓埕中立一石条横屏,阴刻"惟适之安"四个楷体大字。石头横屏后及拱顶墓前立着青石墓碑,碑面楷书"清侯官严几道先生之寿域"。横屏及墓碑上的文字均为严复自书。陈宝琛为其撰墓志铭,曰:"旗山龙渡岐江东,玉屏耸张灵此钟。绛新籀古析以中,方言扬云论谭充。千辟弗试千越锋,昔梦登天悲回风。飞火怒扇销金铜,鲸呿鼍跋陆变江。犹阅世君非蒙,咽理归此万年宫,文章光气长垂虹。"

严复的光辉思想将在历史上空闪耀如星,永久地镌刻在历史的不朽丰碑上。古老的阳岐村也会像那绵绵不绝的阳岐浦溪流时而安静,时而奔涌,不被世人和光阴遗忘。

月上水乡
孟丰敏

林浦村是一个历史悠久、人文底蕴深厚的水乡，位于福州市仓山区南台岛东北部。村外一弯月牙似的濂江，与闽江连络如环，环中一岛即闽江会展岛。岛上海峡国际会展中心，隔江与林浦泰山宫（宋帝行宫）正面相望。

濂江由西向东，从鼓山大桥，经潘墩路、南宋断桥、大小沙洲、泰山宫、邵岐渡，至南江滨东大道止。站在断桥畔，向东远眺，一幅月上水乡的画面。一泓清流，明瑟可爱，近处大沙洲与断桥隔江相望。洲上密植树木，断桥桥墩两侧各卧一株大榕树，分别为两百多年的红榕和白榕，枝繁叶茂、密密实实地裹住了断桥上的清代水神庙（马相公庙）。

断桥和大沙洲之间的河面上、垂枝下停泊着两条扁豆似的杉木船，便于两岸往返。船身漆为蓝色，却已被岁月和河流洗得发旧，另一些杉木船则星星点点泊于岸边和古渡边，阳光下，轻摇着波光粼粼的闽江水。小沙洲与邵岐渡斜对，树上泊满了白鹭，遥望犹似盛开的琼花。河边聚集着大量的白鹭，不时凌空优雅飞舞，宛若洛神凌波微步。邵岐渡只剩几级台阶，模糊了八百年前那段遥远而重大的历史。天边，巍巍鼓山犹如一痕水墨。

林浦又称作"濂浦"。据说濂为"连"，即最早聚居此地的连姓人家；浦即"江"。濂浦更名为"林浦"，因村内的林氏家族人丁兴旺、人才辈出，明朝诞生了林元美为首的"七科八进士"、林瀚为首的"三代五尚书"，令林浦成为一座旺福的村落。

林浦为何如此旺福呢？冬天一抹淡金色的阳光从我的书房窗前掠过，似乎照见了一个特殊的时代——南宋。那时，福州对外贸易繁荣，已是东南大都会，距皇都临安近、离中原战场远，成为中原人士心目中的"有福之州""世外桃源"。大量西外宗人（皇族宗室人员）因此迁入福州生活。根据《淳熙三山志》卷七公廨类"西外宗正司"条记载："绍兴三年诏西外宗正置司福州。"西外宗正司是管理西外宗室家族的，从洛阳迁至福州的开元寺太平院。

南宋绍兴三年，对福州历史是一个十分重要的年份。西外宗室人员坐船从东海进入闽江，在林浦村的邵岐渡上岸，福州城的政治地位迅速提升，成为全国六大城市之一，优秀人才从此层出不穷。

南宋绍兴三年，林浦村造了一座十分宏伟的大桥，堪称福州地区宋式平梁石桥最为珍贵的标本。这座桥由三条巨石并排铺设，当年全国罕见。如今，这座古石桥成了断桥，留下一个难解之谜。不少人好奇，如此偏远的小村落里，建一座全国罕见的大桥，没有连接到大沙洲，又建在陆地上，有何用处？

当地老村民告诉我，断桥边的池塘，原属濂江，经过断桥底。朝代更迭，濂江河流日渐淤塞，形成今天的陆地。林浦村里有一座狮山，形似母狮，魁岐村北的山貌似公狮，林浦西北面潘墩村的球山像狮球，此三者形成"双狮戏球"之势。由于两"狮"之间有江水相隔，故特于江边建"鹊桥"（即断桥），引对岸的公狮过江与母狮相会，以求林浦村兴旺发达。

其实南宋时，濂江的河流比现在宽阔很多，河流湍急，为了避免小船在江中倾覆，就兴建了大石桥，便于通往大沙洲。然困于资金和造桥技术有限，只能建到河中间，留待以后续建到大沙洲。没等村民实现愿望，南宋灭亡了，留下这座没有修完的桥。如今人们到断桥边，依然只能换乘杉木船渡河到大沙洲。断桥不再是鹊桥，公狮大概再没机会过桥与母狮相会。

此人间"鹊桥"的建造者是谁呢？断桥上石刻文字记载："巨宋绍兴三年，岁次癸丑，八月辛酉，朔二十六日戊申作，都管干林康、林元钧泪诸劝首等。林应儿舍小梁三条，林应郎舍大梁一条，邵谦、僧光涌各舍小梁一条。"

断桥建造时间和西外宗正司设立福州时间

吻合，或许与西外宗室人员迁入福州，从这里上岸有关，且石刻文字中提到了"都管干"三字，此乃南宋军队的官职。当年，林军官带领富有的村民建桥，应是迎合官方和宗室要求，体现这座富饶村落的豪门气派，且与疍民是海商有关。林浦村最初的居民以疍民为主。

北宋福州疍民对外贸易繁盛，成了富甲一方的海商，令福州成了"东南大都会"。当年，村内富有的疍民捐款建造一座大石桥不算难事。距断桥不远的邵岐渡，是福州宋代的大码头。离邵岐渡不远，南江滨东大道江畔，有一座炭色的葫芦状花岗岩石塔。古代，塔被视为水道的航标之一。

宋朝，福州已是全国造船业中心。福州工匠造船手艺全国一流，能制造"三千斛"的大型海船。或许，西外宗室人员来福州坐的海船就是福州造的。至今林浦村民还喜欢制造杉木船，闲来漂于濂江上赏景散心，或划船作水上运动。

邵岐渡，真是一座非同凡响的古老码头。南宋初年，宗室贵族从此上岸避难求福，南宋末年，益王赵昰又从此上岸称帝。可惜，如此重要的历史古渡，福州史料中难觅片言只语。村民只叫它"码头"，不知它的名字叫"邵岐渡"，江边也没有立碑文说明。

南宋德祐二年，陈宜中、陆秀夫、张世杰等护卫益王赵昰、广王赵昺，从邵岐渡上岸后，驻跸林浦平山阁，屯兵于平山。而后益王赵昰在福州城内垂拱殿（原大都督府衙署）登基，称为端宗，改年号为"景炎"，加封广王赵昺为卫王。

因端宗赵昰暂居林浦，平山阁此后更名为"泰山宫"，为福州迄今仅存的王都行宫。元朝时，林浦百姓为了保护泰山宫，将"泰山宫"改为"泰山庙"。泰山宫正殿中间塑着南宋开国皇帝赵构，左右塑着赵昰、赵昺；正殿右边是总管殿，门上悬挂"平山福地"匾额，殿内祀文天祥、陆秀夫、张世杰等忠臣；正殿左边是天后宫。泰山宫门前的青石坪是当年文天祥操练水师的练兵台。泰山宫两边各有一个牌楼，即左、右辕门。西辕门往西的一条石板路，据说是当年小皇帝走过的御道街。村内保留了不少南宋末年文臣武将留下的遗迹，比如宋丞相陈公祠（陈宜中）、文天祥和陈宜中题写的"还我河山""薰风陇""锦绣谷"等摩崖石刻。

林浦村自南宋深深地烙印了帝王的足迹后，从此便有了与以往完全不同的气象。自宋崇宁二年至清光绪二十一年，林浦村共出了十八位进士。明朝村里光宗耀祖的"七科八进士""三代五尚书"的两户人家，为村里留下恢宏壮观的尚书文化遗迹：尚书里石牌坊、进士柴坊、林尚书家庙、林瀚故居、林瀚尚书墓、林瀚示裔孙摩崖题刻……

这座旺福的月上水乡，值得学子来参观学习。2016年冬夏，我两次带孩子来林浦参观，看到保存完好的北宋濂江书院，明白了林浦人才辈出的缘故。北宋时期经济发达的林浦村已十分重视人才教育，兴建了这座两层木构的大书院，筑巢引凤，成为朱熹女婿黄幹的讲学处。朱熹来福州看望女儿、女婿时也在此讲学,并题写了"文明气象"四字,成为书院的珍宝。

林浦真可谓福州的文化名片。

行走湘桥
苏水梅

朋友说，去湘桥看看吧。

"一个小村庄，当她从历史中醒来，时间已经过去了几百年。"榕树在阳光里，随着风的吹拂，轻轻地晃动着，遮住行人匆忙的脚步。湘桥村，北面是324国道，南临江滨路，东望云洞岩，漳州的重要水系九十九湾在村里迂回流绕，将其一剖两半……

在"中国湘桥"大牌子指引下，我们拐进一条小路，是一个长长的下坡。首先看到的是彩虹桥和"欢迎参加我们的婚礼"，原来是黄家先生和严姓姑娘喜结良缘。村道两旁聚集着忙碌的村民，几十张桌子依次排开，瓶瓶罐罐、锅碗瓢盆，琳琅满目，好热闹的场面。现如今老百姓的日子好过了，农村里的婚宴不比大酒店差。龙虾、螃蟹、牡蛎、鱿鱼、老蛏、猪肚、鳖等在一个个大盆里清洗，妇女们一边忙着手里的活儿，一边开心地聊着什么。

几个小学生模样的孩子在庙前的空地上玩耍。我上去问，一个高个子男孩往庙后面的小门一指。"华佗庙，往那里走。""你能带我们去吗？""不能！"男孩的回答干脆利落，头也不回，继续和小伙伴们奔跑。无奈之余，只好转身回到公路旁，一位老大爷从人群中走过来，我赶紧上前打听，听说我们的来意后，他显得很高兴："村子里共有十多座明清建筑，除了华佗庙，还有大夫第、翰林第、贡元第、进士第等。"

"你们村子里怎么会供奉华佗呢？"

"多年前，下了一场大雨，从上游漂下来的，村民们打捞起来，一直供奉到现在。"在闽南，这样的说法十分常见。"是真的吗？"我一边揣摩，一边问，"每年端午节都有龙舟赛吗？"

"是的，石仓、铺下、山头顶等邻村的村民

都会来，很热闹！湘桥村有'五世为官，七世经商'的说法。我可以先带你们看看我们的祠堂。"老大爷从衣兜里掏出钥匙，打开了"西宗祠堂"的边门，祠堂里有碑记"光茅公纯笃公入主西宗祠堂……"这块石碑立于嘉庆十八年。祠堂于近期修葺过。老大爷告诉我，墙上的青砖、画和石柱下的石墩都是老物。

我们的目光在祠堂里巡睃，轻按快门，拍下不少照片。老先生显得很满意，大约十分钟后，他锁了祠堂的门，引我们往西走。村道洁净，路过村里的大戏台，老人说，这里两天前刚刚举办了一场文化活动，巨大的背景板还在。戏台前的空地上有一艘正在上漆的大船，我赶紧上前去拍照，黄老先生说："这不是赛龙舟的船，赛龙舟的船比这个大多了。"我们又往前走几步，看见笔直的河道许多龙眼树倒映水中，有几个村民在河中浣洗。一棵大榕树下有几个老人在悠闲地聊天，小朋友们奔跑跳跃，老人家指了指前面，说："到了，我要和他们聊天，你们自己去参观吧。"

华佗庙始建于明末清初，当地人称它为"仙祖庙"。华佗庙土木结构，有主殿和侧室，分二进，中有天井，面阔三间，进深三间，有廊连接。主殿祀奉神医华佗，左、右墙上分别写着"忠孝""廉节"行书大字。华佗庙的"畲"字窗为砖木混用，外围为砖，烧制成龙纹图案，惟妙惟肖；内径为石，青石为材，精雕细刻，巧夺天工。每年农历正月十二，村民们都要把华佗神像"请"到村里出巡，让各家各户祭拜。农历十月十七是"仙祖生日"，湘桥村会举行隆重的纪念活动。

华佗庙的前殿，挂着一块清闽浙水师提督王得禄亲笔题写的"仙方妙著"牌匾。相传清嘉庆年间，王得禄的兄嫂得了腹胀怪病，百般医治未见效。因王得禄年幼父母双亡，由兄嫂一手带大，王得禄视兄嫂如母，他对兄嫂的病情十分焦虑。当时有部下告诉王得禄，龙溪湘桥有座华佗庙的药签非常灵验。王得禄派亲信到华佗庙求神问药，得到华佗庙的药签后，按要求抓药治病，果然药到病除。为了感谢华佗庙，王得禄从厦门乘船沿九龙江畔寻华佗庙答谢，并题写了牌匾送来。

走出华佗庙，我想转到那块枝繁叶茂的榕树下寻找石龟。黄老先生看见我，指点说，王氏祖庙由宋直学士王熙载所建，距今已有七百多年历史。王氏后裔中的一支分脉到琉球群岛，当前仍常有海外王氏后人到湘桥认祖寻根。

"九十九湾"，顾名思义，弯弯曲曲，流经湘桥村时却是笔直的。当地人称这段河流为湘水。古时，湘水之上，村人架了一座桥，把溪流两边的村落连为一体，这座桥因此被称为"湘桥"。后来桥毁了，"湘桥"这名字，却保留了下来。如果说内河涌动的潮水是湘桥历史上的谜，那么华佗庙就是这谜中的谜了。华佗庙和古厝均坐东北朝西南，每座之间留有两米多宽的通道，一字形排开，座座相连。

湘桥的水是跳动的音符，湘桥的老宅是醇香的美酒。

湘桥古村落共保存有十一座明清时期的古厝。这些古厝是典型的闽南明清时期官宅民居建筑，每座结构基本相同，或五进，或三进，正屋两旁是两排护厝，大门一关，就是一座独立的城堡。

古厝群前面的这条河，一直与一片厚厚的云层相伴。每一道波光都有自己的云影，谁会去细想，云影之外是否还有更辽阔的天宇？

湘桥，让人自然想到中国的科举制度。这种选拔人才的制度从某种层面上是为了显示公平，给全社会尽可能多的人以鼓励性的诱惑，九州大地成了一个大赛场，一起读书识字的青年男子把人生的成败荣辱全部压在了里边。黄光星高中贡生，拉起了这个村子灵光和荣耀的序幕。黄光星的儿子黄金钟，孙子黄宏达、黄尚锦、黄宏遇、黄天瑞分别考取功名，黄宏遇的儿子黄兰枝中举人，到黄兰枝的儿子黄玑中举人已经是第五代了。显然，黄氏家族的辉煌，是中国漫长科举制度的一个特例。

大夫第是湘桥村最壮观宅第之一。宅院大门额顶悬挂"大夫第"匾，一对雕有喜鹊、寿鹤、麒麟的石鼓，历经几百年风雨依然蹲守在大门旁。大院内，朱廊画壁，长廊曲回。宅内每进各设屏风，且均有天井，晴时能晒日，雨时能排涝。天井内花架、花坛倚墙而设，淡雅清幽。整座建筑砖石土木结构，古香古色，气宇轩昂。第一进为二房一厅，旁有廊连接第二进，正门庄严肃穆，屋檐雕梁画栋，宏伟气派。第二进有四房二厅，两侧留有通道，便于进出其他各进。大厅有一长石条。第三、四、五进各四房一厅，每进均设屏风，屏风上各有雕刻精细的镂空象形图案。天井供通风采光，也养花种草。二进与三进之间隔一条露天通道，三进的围墙镶嵌着两扇醒目的石刻镂空饲虎窗，凝重又浑厚，为辟邪所用。四进为后花园，建有一座两层石楼，外墙为条石，中间用泥石夯成，坚固无比。西侧为护厝，均为二房一厅，并留有四个护门，与各进之间既能相通又相对独立。如此别具匠心的设计，既可减少各房之间的矛盾，又可防盗防火。屋顶采用的是闽南传统的歇山式燕尾翘脊，护厝的屋顶也颇讲究，如此一来，主次屋顶浑然一体，更显其古朴和尊贵。石楼专为存银而建，其墙、门、窗全部加厚，屋顶的构造也分为砚、藤、板、砖、瓦五层，冬不冷，夏不热，既防潮，也防火。大夫第的墙体底部均用花岗岩石砌成。洪水到来之前，屋主人只要把下水道出口及门下小洞堵上，便安然无恙。石埕沿湘江河道垒砌而成，下面打下许多木桩，工程浩大，共有大小房间五十六间，历经三代人完工（即从黄金钟至黄兰枝），石料全部经水路由泉州运至，石匠也是专门从惠安聘请来的。

清雍正年间黄金钟出任杭州同知，敕封奉政大夫，在家乡建大夫第。他生了九个儿子，个个有出息。长子黄宏达，清乾隆七年岁贡，任建阳训导，在大夫第不远处建贡元第；次子黄尚锦，是副贡，历任松溪、同安教谕；四子黄宏遇，清雍正年间任广西州同知；黄宏遇之子黄兰枝，清乾隆年间钦赐翰林院检讨，建翰林第；五子黄天瑞，天资聪颖，三十岁中进士，授刑部主事。漳浦的蔡新与黄天瑞同科，蔡新曾与人说，他不如黄天瑞。令人遗憾的是黄天瑞只当了两年官，三十二岁英年早逝。乾隆年间，四房黄翰林家与北溪的内林村，结成了亲家。据说黄、林两家都是富裕人家，谁也不甘示弱，林家从上游倾倒大量的蔗糖，糖水从二十多里之遥流到下游，湘桥人舀水饮用，才发觉溪水竟然是甜的。

"父母在不远游"，黄兰枝是个孝子，一直留在家中奉养双亲，直至他的母亲九十岁过世。清乾隆六十年，黄兰枝参加举人考试，年过古稀的老人七十岁时被乾隆皇帝破格提拔为"翰林"，一直活到九十多岁去世。

黄氏后人中，最出色的当推漳州画院首任院长、漳州国画大师黄稷堂。出生于清光绪二十九年的黄稷堂，自幼秉承家学，聪明好学，过目能诵，对美术工艺更独具匠心。其中学毕业后，因生活所迫，教书三年。但他对丹青执着追求，二十二岁时考进上海美专深造，受业于刘海粟、潘天寿、诸闻韵等名家大师，艺术造诣大为精进，颇得诸师赞誉。黄稷堂以优异成绩于上海美专毕业后即回归漳州执教。黄先生惯用左手作画，右手写字，且能双管齐书。他不仅擅于书画，也精于篆刻。名闻中外的弘一法师与他亦交往颇深。

在湘桥村的村道小巷，随处可见粗大的砖石、雕刻精美的花岗岩石，这不能不令人联想到其昔日的繁华及黄氏家族之荣光。湘桥古民居是一部历史，为研究明清的人文历史及官宅民居建筑提供了实物依据。湘桥古民居是一本教材，它教育人们应崇尚中华民族"厚德、重教、相师"的传统美德。

"日现不蔽前山色，夜来常闻流水声"的湘桥景象，虽渐行渐远。但悠远的岁月，存在古厝的静默里，也存在村民安静、祥和、舒适、自然的生活中……

回到塔下
简清枝

无数次回到塔下,独自去,陪友人去,有时梦里也去。

塔下村在南靖县书洋镇,从漳州市区走,一个半小时车程就到了。村子是一个张姓人家聚居的著名侨村,位于一个清流如带、绿树如烟、山环水绕的狭长谷地里。两边的山冈上,满是茶园和柿子树,若是秋天的时候去,那里的颜色和气味最诱人。这个被誉为"闽南周庄"的小山村,现在成了众多城里人爱去的地方。小小的村子,如今遍布客栈、酒肆和熙熙攘攘的游人客子。

春天,我再次回到塔下。进了小村,迎接我们的是哗哗流淌着的溪水,快快活活一如当年那轻盈健朗的少女。水色清明澄碧，漫步其中，轻吸清纯如酿的空气，恍如置身桃源……有水就有灵性，如黛的山谷，不息的溪流，两岸村民傍水而居，相隔不过三十多米，鸡犬相闻，家家户户享用着这源自大山里、密林中的甘泉所带来的清凉和洁净。有水就有桥，旧时是木桥，遇洪水则毁，而今溪上有十一座石拱桥，据说全是海外的游子资助建设的，这使得两岸人家亲密无间。小桥流水、土楼人家，阳光初升的清晨，村妇们提着木桶，挎着竹篮，到溪边浣衣洗菜，把鲜艳的色彩和此起彼落的谈笑声一起揉进水里。水面一片银光，闪闪烁烁，几只洁白的浮鹅、水鸭被迷糊得团团转。

沿水而行，是一条洁净的石板路，也是华侨捐资修建的。铺桥筑路历来是中国人传统理念中的善举。近代中国，多战乱动荡，国家不治，民族衰落，积弱积贫而民生多艰。塔下人远涉重洋，或东渡，或南下，谋生求食，散落世界各地。代代侨裔经多年砥砺、风雨兼程，其中多有事业大成之人。终于，他们想家了！

背井离乡的塔下人一如所有的中国人，情感的命运里始终有苍茫的故土，灵魂的血液里始终奔流的是家国。他们要回来，回到故土原乡！

这许是当初离开家乡的祖辈先人一直没有了却的遗愿，传了几代人了，直到有一天，他们回来了，回来祭祖圆梦，回来了却夙愿！

三十多年前，吾尚年少，亲眼看见过那批游子回到家乡时的情景，他们或西装革履，或汉服长褂，年长者风尘仆仆、表情凝重复杂，年幼的则新奇喜悦、活活泼泼。一进村口，年老者即刻扑倒在泥地上，双泪长流，口中念念有词。此时，鞭炮锣鼓齐鸣，族亲一拥而上，唏嘘不已。那时，中国依然穷窘，乡人依旧面黄肌瘦。想来，为家乡筑一弯小桥，修一段平坦一些的路，该是这些漂泊的游子思念故土、回馈祖地最好的方式了。好在后来国运扭转，今天家乡的面貌足可令乡民骄傲，亦使海外亲人欣慰。

和其他地方恢宏粗犷的土楼相比，塔下的土楼则显得柔媚许多。这里最早的土楼福兴楼建于明代崇祯四年，以后又陆续建了四十来座，或方，或圆，或围裙形，或曲尺状，这些土楼沿山溪呈 S 形摆布，形成了一处蔚为壮观的土楼群落。若把 S 连接起来，正好是一个神秘的太极，塔下村因此也叫"太极塔下村"。而在阴阳两个极点上，正好各建有一座圆形土楼。村里有几座土楼破败不堪，显然是经历了大火的劫难，探究其因，原来是 20 世纪 40 年代，基层势力相互殴斗，腥风血雨，最终让无辜的房屋遭了灭顶之灾，只留下断壁残垣和油菜花、野蜂相伴，十分寂寞。

漫步塔下，看晴岚四野，溪声树色，满眼青山，楼前屋后铺就的卵石小径，被几百年来先人们的足迹磨得圆润。若逢细雨轻烟，小路闪出柔和的光泽，盘错到处。这时，打一把伞，穿行在错落老屋中的幽幽小道，沿凹凸滑亮的石阶而上，细细摸触斑驳的大墙，恍若回到旧日的时空，似可穿越千年，让人久久发呆。

现在的塔下是名头甚多的景区，人们蜂拥而至，于是，这里生意火爆、红尘滚滚。二十年前或者更早，塔下不是这样的吵闹和浮躁。

那时，我有一个好兄弟就住在这个村上。我去他家喝酒，总被他母亲亲手酿造的米酒醉倒。米酒糯米全酿，色泽微黄，黏稠如蜜，香甜诱人。年少轻狂，村里有一个少女其实是我们共同暗恋的对象。女孩偶在井边打水、洗衣，一身鹅黄，秀发飘飘，声音清冷如泉，叮叮当当的活泼常常让我们陶醉。可是，直到我们都离开了塔下，我们都没有说出彼此的隐秘的心思。青葱往事无疾而终，那个叫华的女孩，今日也该三十多岁了！

二十年就这样过去了！

那时的村子，安谧如明清时期。夏天的黄昏，夕阳明晃晃地照在半个村子上，高高的榛子树上，蝉近乎歇斯底里，风拂过竹林，田边屋后的花儿情不自禁地在舞蹈。村头的几间大屋倒是完好无损。我几次去，都大门紧闭，屋子外倒是收拾得干净，长着苍老的枳树和高高的仙人掌。透过门缝，可以看见里面的犁、耙、风柜等农具，久未打理的花草，歪歪扭扭，甚至还有令人头皮发冷的棺材。大屋的主人要么早已漂洋过海，要么风走云散，没有回来了。曾经满是欢笑的家和天伦之乐，都留在时光最深处，老得青苔都爬上阶前屋后，谁知道，谁会想起。而门楣上依旧红艳的春联，似乎在告诉人们，曾经的主人的后人或远亲回来过。

夜宿围裙楼，主人招待我们的是自家养的土鸡、山上新采的薇菜和春笋，满桌是土土的飘着客家风味的农家菜，这些"绿色食品"在城里是很难享受到的，它的滋味绝不亚于星级酒店里的佳肴。而足以让人一醉的还是当年的糯米酒。用锡壶温热后的米酒，倒在碗里，一股浓香早已钻进鼻孔。再看，酒色澄黄如蜜，浓得发黏。"这酒全是用糯米酿的！"一旁忙乎的主人抬头微笑，那笑里透着自信和真诚。我们端碗豪饮，只消片刻，就有不胜酒力的友人连呼："好喝！好喝！就是后劲太足了！"饭后品茶，一杯香茗在手，心旷神怡。杯中的茶也是塔下村自产的铁观音，村后层层山冈满目茶园果树，一年四季，茶果飘香。

夜色渐浓,坐忘时光,可闻远处传来的二胡、阮琴咿咿呀呀的声音,若有若无,全是客家乡音民歌,土得掉渣却又如此亲切动人,温润着我这个如今也客居城市的"异乡人",奔波于烟尘中的人儿不禁双眸潮湿。等到月亮升上山坳,已可枕着潺潺的溪流声入睡,而一觉醒来,窗外早已是悦耳的鸟鸣声……

第二天,正是塔下"做春福"的热闹时节,村里到处是特地赶回来"做福"的人们,乡里乡亲,遇见了,总要聊上几句,然后相邀一起去祭拜城隍妈。晚上是互相串门,请客喝酒,直至"家家扶得醉人归"。到了十一点,夜空中突然燃起绮丽的烟花,映红彼此的脸庞。顿时,宁静的村庄一片沸腾,把"做福"活动推向高潮。据村里的老人说,这里每年的正月十五,凡是新婚的人要置果品到德远堂闹灯花,寓添丁进财。村里每年要举行做春福、秋福、冬福的庆典,请"大班戏"到德远堂前演三五天,直至曲终人散,韵味无边。

张姓族群的家庙德远堂当属塔下一绝。家

庙后面是一片眉月形斜坡的草地，宛若天然地毯。草地连着一片葱郁的风水林，树林随着山峰向上延伸，直入云天，风吹林涛，气势磅礴。家庙前是一口半圆形池塘，塘中庙宇疏影，鱼儿自在。德远堂已有四百多年历史，甚为珍贵。这座设计精致、古朴典雅的二进建筑，也留下许多民间艺人的杰作。其正面古式牌楼上是彩色瓷片镶嵌的双龙戏珠，形象栩栩如生。殿内雕龙画凤，木石装饰富丽堂皇，构图精巧，形神兼备，别具风格。大殿横梁上镌刻着宋代朱熹的警世名言："子孙虽愚，诗书不可不读；祖宗虽远，祭祀不可不诚。"池塘前边两侧石坪上耸立二十三支高过十米的石龙旗杆，杆柱浮雕蟠龙，腾云驾雾，甚为精美。旗杆上阴镌姓名、世次、功名、官衔品位及立石龙旗杆的年代等文字。文官的石龙旗杆顶端饰物多雕毛笔锋，武官则镌坐狮，给人以静穆、荣耀的感觉，成为一道稀世的文化景观。

"世间善事忠和孝，天下良谋读与耕。"流连在德远堂前，注目着这如华表般高耸的石龙旗林，似乎依然可以听到庙堂里朗朗的读书声，而石龙旗是榜样，可以耀祖光宗；是楷模，可以砥砺志气；是记录，更是呼唤。据说如今的塔下已经形成一种风气，村里相互攀比的不是谁家的房子盖得高、盖得靓，而是比谁家的孩子考得好、上了什么大学、拿了什么学位，这种尊教重学之风当是"正能量"呀！

坐在村口青石上的老人今年已经一百多岁了。她的头发花白，凌乱如草，蓝布衫一定是很多年前的添置。此刻，她面目慈祥，目视着来来往往的背包客，平静如这谷底里的炊烟。村里人长寿延年，多可四世同堂。老人生活俭朴简单，常至耄耋之年依然可以耕土种菜，自给自足。儿孙们或外出工作，或留在村里打理生意。他们大多能孝顺和气，使得长辈安宁无忧、延年益寿。平凡的生命大多坚韧朗硬，风吹雨打，悲欢离合，都已成老人的薄酒粗茶。夕霞满天，一代代人的背影缓缓远去。塔下，生生不息。

今日塔下，犹是山明水秀的世外桃源，有

水的温婉、山的硬朗,有人与自然的和谐妙境,它其实也是盛世中的一片乐土、一方福祉。曾经"养在深闺"的小村子,因其古朴和清静吸引了四面八方的游人,也带来从未有的忙碌与繁荣。人们或携亲带友,或写生创作,徜徉其中,久久不愿离去。日渐消失的中国古村,重新回到人们的心目中、生活里,恰恰是因我们心底里依然流淌着田园牧歌式的诗意和未曾消失的乡愁。无论我们走得多快多远,我们都记得回眸,记得骨子里的春花秋月、唐风宋雨,都会找到来时的路和曾经的约定。

世事变迁,无数双无形的手在改变着这里和那里。有时,我会痴痴地想,再过二十年,塔下依然是今天的模样,那该多好!一如那一直留在记忆中的少女,巧笑倩兮,美目盼兮……

霍童怀古
萧 何

朋友说，霍童古村最吸引人的是它的明清建筑一条街，由一座清代文昌阁、一座百年宗祠、六十多幢大宅组成，集中成片，保存完整。

在村口，我们就看到了一座文昌阁和一座功德坊。

文昌阁不大，但红墙彩顶、端庄典雅。门口对联"十二都兴文之地，第一重登阁之门"，对仗工整的同时将历史与人文、自尊与自信一并带给读者。阁里有前、中、后三座建筑，分别是主殿、奎光阁和门楼亭。主殿里供奉着文昌帝君。拜了帝君，登上奎光阁，从一个个八角窗里看到了霍童美景：青山、碧水、座座相连的灰墙古民居。

在文昌阁左面，有座功德坊。大门对联："汪侯廉政垂典范，古迹纪功传千秋"。细看边上功德碑得知，清康熙三十三年汪大润任宁德县事，在职七载，经常单骑走乡村，做了不少好事，特别是三临霍童村，募资建起了文昌阁，从此，"霍地文风蔚然"。乡人们发自内心感谢他，鼎建了这个功德坊。

这两座建筑所在的位置，实际上是村尾，也叫"街尾"，古代这里因靠近码头，故成了霍童最为繁华之处。现在码头不见了，但古街空间布局还大致完好。从街尾到街头，长约有两千米，宽丈余，石板条地面。古代两边客栈、布行、米行、打铁店、茶叶铺、剪刀坊勾肩搭背的情形，依然时隐时现。

沿街漫步，大户人家的傲气从富有特色的门楼里向你逼近。不少大门口取料是整大条青石，配上"大踏步"的石阶，显示着富足与荣耀。大门上方大多以三到四跳的斗拱挑出，木制披檐，两边拱卫，木墀头雕饰精美。门楣上既有灰塑、彩绘，又有匾额、对联，气派中透着优雅,精美中流淌着浓浓的书香气息。

建筑多以青砖为主,从风格上看得出来,以清代、民国居多,也有少数是明代的。这里的古民居不管建于何年,都保留了先民群居的特色,各个宗族以先后顺序,建立了属于自己族群的集居地。于是,就形成了谢、黄、陈、郑等姓氏人家,黄氏族居地被称为"黄厝里",谢氏族居地被称为"谢厝里",如此等等。

明清以降,借助霍童溪的发达水系,这里成为屏南、周宁、政和、松溪等地的木材、毛竹、盐粮货物的运输要津,景色秀美加上商贸繁华,许多有钱人便在这里盖起了房子,只是后来没能成为更为热闹的城市,不能不说是个遗憾。

走进一个民居,这样的景象出现在眼前:用老油杉为主料的厅堂立柱,不施粉黛,以本色示人,但幽香飘散。屋梁构建简洁,只在一楼的梁枋间与雀替、窗扇、屏门部位配以木雕,显得繁简得当,深得建筑学精髓。对联和雕花窗棂的制作,却是一丝不苟,且在有意无意间传递着主人的家道渊源。尤其是嵌在木窗上的窗棂雕花,耕读文化场景栩栩如生,显示出主人对传统的尊崇,当然,也少不了一些张扬的意味。

大厅里坐着一位上了年纪的大娘,正在认真地用透明的小长条棉纸片,把茶叶包好,再卷连成细条,成了一条条长长的茶珠绳子。我好奇地问,这是在做什么。回答,这叫捻茶珠,一种茶家特有的工夫。闲暇时,男女老少围坐一起,将之前与茶剥离开来的烘干的茶梗,揉捻成茶珠,既是一种面对时光的淡定,又是一种亲情乡亲的交流,而且又在不动声色里,为家里增添了收入。

朋友招呼大家在茶桌前坐了下来。包在棉纸的茶,一粒一粒地拿出泡在水中,慢慢绽放,如同花蕾张开的笑脸,赏心悦目,真是"一颗心,装满茶,加上水,添进情,茶香就出来了"。我明白了,为什么说茶心是快乐的,茶心是悠闲的。

来霍童不能不看线狮表演。霍童线狮是首

批国家级非物质文化遗产。表演在村里的霍童线狮纪念馆举行。表演场地有近千平方米，分为两半：一半是观赏区，一半是表演区。线狮表演，顾名思义，就是用线拉着狮子表演。当然，这狮子只是道具，而线则是拇指粗的麻绳。十几位壮汉，穿着整齐的表演服，露出坚实的胳膊，一看就让人想象起这表演的张力来。

场地中央放着一个两三米宽、三四米高的特制的表演台，台上卧着三只色彩鲜艳、精神抖擞的狮子。台的左侧，一位老伯，两腿叉立，正准备手起槌落；其他表演者按规定位子，在后台散开，手上都分别扯着一条绳子，准备随时拉动。

一阵喧天锣鼓响起。在演员有节奏的上下左右前后拉拽下，台上的狮子睡醒了，昂首挺胸，跳跃起来。随着锣鼓节奏的加快，狮子的动作也在加快；随着鼓点的间歇，狮子也安静了下来。如此反复，人们也感受到了狮子的喜怒哀乐。随着一阵强烈的锣鼓声响起，狮子们似乎受到了强烈刺激，无比兴奋起来，要冲出舞台，要跃上天空，它们来回奔突，汗流浃背，气喘吁吁，原来，是为了夺得那个狮子球。随着演员拉拽力度的增强、幅度的加大，球飞离舞台越来越远，狮子们的冲劲也越来越猛，奔跳的速度也越来越快，似乎要把舞台给拉扯散架了。鼓点声小了，歇了，狮子也累了，回到舞台中央，趴下，打起了盹。

锣鼓声又忽地激越而起，绣球又在空中跳跃，狮子再次冲上去，奋力抢夺……

霍童线狮技艺迄今已有一千三百多年的历史，经过历代民间艺人的创新创造，线狮的表现力越来越丰富。自然，狮子们所有的这些动态表演，全凭艺人们集体默契配合，而在舞台前那位擂鼓的老伯，则是这场表演的总指挥。

知情者介绍说，为了纪念霍童的开山大祖、隋代谏议大夫黄鞠，当地人每年都要举办"二月二"灯会，线狮表演则是灯会中最具特色的节目之一。以往线狮表演是在野外进行的，那场面比现在要壮观很多。告别了线狮，太阳西斜，我们疾步来到了村头，去认识那位隋朝人黄鞠。

黄鞠(567—?),字玄甫,隋炀帝时任谏议大夫。因为不满隋炀帝的胡作非为,毅然跨出庙堂大门,一路向南。一天,他看上了霍童溪南北两岸这一片五六千亩的荒地,便在这里开基立业。

黄鞠明白,要把荒滩变良田,先要从水利入手。他利用霍童大石溪中的水,挖断一条名叫"龙腰"的山梁。传说,当时有人反对,认为挖断"龙腰"就是要"斩代代官贵"。黄鞠掷地有声地回应:"只要能发万家香火,不问代代官。"由于工程艰巨,他带领大家干了八九年,"龙腰"才被拦腰截断,凿出了一条一米宽、好几米深的水渠来,将水引过山梁。

之后,他又开始在北岸修起水利工程,靠热胀冷缩的土办法,将岩角隧道打通,建起霍童的防洪体系,使霍童溪两岸真的成了万亩良田。让人惊叹的是,始建于隋皇泰元年的霍童涵洞,至今仍基本完好。

黄鞠祠堂就在霍童村头伫立着,在黄昏里略显寂寞。现在游客对美景情有独钟,对古民居表现出无比热情,对这样一位来自遥远的古代名士多缺乏兴趣。而我却认为,对霍童村而言,如果有哪一样不可或缺,那应当就是黄鞠先生。

一个古村落的诞生,离不开人。一个古村落记忆的延续,还是离不开人。如有时间,我真愿意坐在霍童溪边,与这位一千五百多年前的谏议大夫来一次对话,聊聊霍童的前世今生。

杉洋,外秀内慧的千年古村
林思翔

在宁德地区工作时常去古田,杉洋村正好居于两个地方中点,那时路况较差,宁德到古田要走四个小时,因此车过杉洋,常常要小歇一会,匆匆间只觉得杉洋群山环抱,溪水环流,遍地郁郁葱葱,是个很美的村庄。后来随着杉洋历史文化的挖掘,其知名度也在提高。不久前,有机会用两天时间深入察看和了解杉洋,才发现杉洋不仅外秀而且内慧,是个不同凡响的山村:一千一百多年历史,走出了九十多名进士、两名状元、数位朝廷重臣、一批民族精英……

地处偏僻山沟的杉洋何以人才辈出,至今还是一个谜。但人们分析,三个因素至关重要:

一是文化"迁徙",二是先贤过化,三是书院教育。

说起文化"迁徙",自然要说到杉洋的先人。杉洋肇基拓主为唐末的余氏先祖和彭氏始祖,他们均"源流陇西"。甘肃与陕西毗邻,而陕西蓝田古邑产玉,"蓝田玉"闻名遐迩,先人怀土思祖,取村名为"蓝田"(后因遍地杉木,改称"杉洋"),也蕴含寄望子孙玉振成才之意。五代时,员外郎余仁椿就在杉洋创办"蓝田书院"。杉洋另一个旺族李氏,其始祖为唐末福建观察使、状元李诲,他是唐高祖李渊的皇叔郑孝卫李亮七世孙裔,其子孙"但勤儒衍贵,科举曾逢年",读书成风。来自西北旺地的文化种子落地杉洋,在此扎根,代代延续,使杉洋文风相袭,文脉不绝。

先贤过化,最重要的当数朱熹来此讲学的影响。朱熹曾两度到杉洋讲学。朱熹何以来此僻远之地讲学,据传有这么几方面原因:一是朱熹要拜谒其尊师李侗祖籍地。李侗祖籍杉洋夏庄(后迁南平),亦称"横下房"。李侗诗云:

"陇西山水碧连天，境界横门有直篇。"在《东斋记》中朱熹写道："学子两度于尊师李讳侗祖籍之地游学讲论。"二是避学禁。宋庆元间，执政韩侘胄丞相与宗室大臣赵汝愚争权，罢斥汝愚，视理学为伪学，罢逐理学家，兴"庆元党禁"，朱熹受害逃匿。三是门生盛情邀请。民间传说，朱熹自母亲去世后，心情很不好，油腥不沾，三餐稀饭盐菜，身体每况愈下。其古田籍门生林用中，心疼恩师，遂提议老师出去散心，并盛情邀请朱熹来古田。

朱熹两度来杉洋，都在蓝田书院讲学，"当年夫子日读经，夜夜摇落北斗星"，可见其盛况空前。"云集高弟十有八者于蓝田书院'曰东斋'为础，分赴诸院施教，门人遍闽……庶诸生异日奋起，徒步而梯青云……"朱熹自闽北过来，一路讲学，在杉洋期间还到古田其他书院教授，当地百姓流传着"朱子一工教九斋"的故事。这说的是杉洋的"东斋"蓝田书院，西边横路坂其弟子余隅、余亮讲学的"西斋"擢秀书院，还有朱子门人余范立的龙津境兴贤书院、大甲读书店、卓洋廖厝等地办有的小书院，再加上县城和周边的溪山书院、魁龙书院、浣溪书院、螺峰书院等，朱子正好都到过这九家书院讲学，正如他老人家所言："分赴诸院施教。"

朱熹，这位先贤的到来，给杉洋撒下了文明的种子，而这批种子又如滚雪球般播向古田各地，使杉洋乃至古田各地读书之风日盛，且薪火相传、延绵相袭。朱熹"教泽长存"，杉洋代代受益，连父子间话别留言也用诗词相赠。杉洋余复（后迁今蕉城洋中）赴京殿试前，一介平民村儒的父亲余孔惠赋诗勉励："父子相传力学儒，常将笔砚当犁锄。汝今捧剑赴丹阙，我且安贫守旧庐。"

后余复拔得头筹，为宋光宗朝第一位状元。宋进士李广文的父亲也写有《送子上东京》诫勉诗"长安吾号酒色海，溺者多人济者稀。吾子堂前有二老，布衣须换锦衣归"，寄托望子成龙之意，表达安贫乐道之心。这"先贤过化之乡"的杉洋，数百年来的日积月累，文化底蕴不断加厚。"五星聚奎文气旺，家家弦诵而诗书。达官联翩入台寺，卑者亦剖刺史符。"明初翰林侍读学士、著名诗人张以宁如是赞美杉洋。杉洋因此有"乡土诗文之邦"的美称。如今在杉洋村，业余农民书画家、诗人就有数十人之多。

杉洋的蓝田书院在教化民众、传承文明中发挥着独特的作用。人才源于教化，读书方可成才。而书院则是"传道授业解惑"之地。杉洋的先祖极富远见，早在一千多年前的五代后唐时就在杉洋后山脚下，办起了"蓝田书院"。朱熹曾两次到书院讲学，亲题"蓝田书院"匾额，其字迹如今犹在。此后书院读经论道蔚然成风，历代不辍。当年朱熹在书院魁星阁仰望星空，俯视一方清池引明月入水，"月窟观空"，浮想联翩，遂题"引月"二字，落款"茶仙"。"蓝田引月"成了杉洋人缅怀朱老夫子的代称。

宋元明清直至民国，蓝田书院代有重修，英风不减。一拨又一拨的莘莘学子在这里聚首研习。书院不仅是传授学问的课堂，也是当地人向往的神圣之地。杉洋籍作家李扬强先生在《我心中的蓝田书院》中这样写道："幼年时，蓝田书院是我的梦乡，我最爱玩的地方，在童稚的小嘴里，把她叫成'蓝蓝书院'。我常跟祖母跑到那里，好像到了做梦的天堂。在四面金光闪闪的大殿里，盯着亮亮的大玻璃框。那里面坐着个老人，额头上有黑黑的七粒痣。祖母告诉我，人都称他朱子，额头上七粒痣，就是七星仙下凡，到这里来教书……"可惜的是，1975年12月的一场大火毁了书院，只剩荒芜遗址和朱子亲题的"蓝田书院"刻石。

令人欣慰的是，2011年杉洋籍余云晖博士捐资四百多万元在原址重建蓝田书院，粉墙黛瓦、古朴而恢宏的书院重新屹立于杉洋后山下，诸山朝拱，层林叠翠，巍巍然不愧一方名胜。"雪堂养浩凝清气，月窟观空静我神。"朱老夫子墨迹悬挂书院正中，散发出淡淡的清辉。巧的是，余博士就是始创书院的余仁椿先祖第三十三代裔孙。可谓从唐至今，文脉相承。我谒书院那天，正值北大教授来院举办国学讲座，满室学员屏息静听。自书院重建以来，每周都举办一次国学讲座，听众济济一堂。我欣喜地看到，虽历经千年，蓝田书院传统依然不变，民族文化在这里传唱不衰。此乃朱子之幸，民族之幸！

文可化人。杉洋建村一千多年来，代有英贤。除上述点到的外，这里再举数位知名人士：宋代名相余靖；宋丞相少傅卫国公余深；宋朝议大夫余强；宋礼部尚书屯四郎中余象；宋九江太守余崇龟；著书立说数万言的明李景晞；善诗文、结诗社的清李斌；书法家李方莲；诗书画"三绝"的现代名人李若初；还有为中华人民共和国成立和建设做出杰出贡献的"林家三杰"林建神、林建中、林建宇。

近代抗英英雄林朝聘也是杉洋人。清道光二十年，英帝国主义利用洋枪洋炮攻陷了定海、宁波，直指余姚，时任司狱小官的林朝聘，在提督、知府逃跑的关头临危受命，率领余姚军民智勇退敌，保住了余姚，道光皇帝御赐"忠勇可嘉"匾额嘉奖，并授以余姚县令之职，后其因抗英劳累过度而逝。道光帝拨国帑建林氏家庙（即林氏宗祠），并修坟墓，沈葆桢为其撰墓阴铭，盛赞这位"英夷犯顺、单骑退敌"的民族英雄。其父林承昌为清乾隆丙子科武举，官至台潮挂印总兵，威惠著闻，兵民感载。杉洋因而有"余李多文士，彭林出武将"之说。

杉洋的祠堂也是一道风景线。李氏凤林祠、余氏蝉林祠、彭氏金公总祠和林氏联珠祠，四祠并峙，坐落于翠岩古道旁。杉洋四姓聚族而居，除林氏始祖在清代由福清迁来外，余氏、李氏、彭氏始祖均相继为唐、五代时期迁居杉洋。历史悠久的祠堂不仅是缅怀祖辈、祭祀先贤的场所，也是弘扬家风、传承翰墨的殿堂。昔时各祠堂每年都要举行春秋祭祖大典，现在往往相隔三五年举行一次。"俎豆重光处，遥遥慰素心。"历代以来，祭祖成为各姓宗亲的盛大隆重节日。2007年和2010年，余氏、李氏祖祠还相继隆重举行余氏建祠一千周年和李氏始祖入闽一千一百三十周年庆典。"国之本兮，积家而成。份子强健兮，本固邦宁……光陇西之世胄兮，图民族之繁荣。"族亲欢聚一堂，共祭祖宗，和衷共勉，共祝民族复兴。林氏联珠祠的祠右建有林氏家塾，专供林家子孙读书，之后又增建葫芦型三层楼阁——种玉阁，收藏珍贵字画文物（神玉阁与文昌阁、魁星阁合称"杉洋三阁"），林则徐曾为联珠祠题写对联"玉杯湛露歌三雅，绣幕围香读六朝"。如今该祠还辟建林朝聘纪念堂，成了爱国主义教育基地。余氏蝉林祠原存文物丰富，有宋徽宗真匾华带牌"檀越主尚书堂"、范仲淹题书覆竹联、宋光宗帝御赐"状元及第"牌匾，以及一百多幅历代余氏列祖绣像及先贤著作，可惜多已损毁，现在看到的多为仿品，仅三座殿落中厅天花上旋天凤凰池建筑犹在。还有祠埕前左右竖立的数十副历代科名旗杆碣，昭示着这里曾经的辉煌。

　　杉洋村不大，却有着长长的城墙，墙为石砌，始筑于明弘治年间，清咸丰年间重修，"高一丈五尺，厚一丈，周七百丈有奇"，城上有楼，置炮台五座，护以女墙。如此壮观的"长城"只有在县城或要塞才有，杉洋乃"林菁茂密，僻在万山中"的偏远山村，突兀而起这么一道巍峨城墙，实属罕见，古田县仅此一村，故被称为"山乡第一城"。城设八扇城门，城池内逐渐形成以城门之间横直大街划片，内部巷道交错，各姓分片密集聚居的格局。如今城墙虽大部毁毁，只留残垣断壁，然"四姓八境"的传统街巷格局至今仍保存十分完整。站在残墙边，遥想杉洋先祖当年御寇自卫、同仇敌忾的壮举，五百年前那"众志成城"的精神，你能说不是传统文化在人们心中凝聚起的一道长城吗？

走进纵横交错的巷道，可以看到许多高墙深院、华堂敞厅、粉壁雕梁、装饰考究的古民居。这些古民居多建于明清，也有建于民国和中华人民共和国成立后的，均为砖（土）木结构的传统风格。每座都有一个散发出浓浓文化味的堂号、厝名，如时思堂、礼本堂、燕翠堂，旗杆厝、官厅厝、茶行厝等。屋内楹联琳琅满目，其内容多为弘扬传统、传播祖训。如"守祖宗一脉真传，克勤克俭；教子孙两条出路，惟读惟耕""礼门义路是一家规矩，经田艺圃真万代根苗""鱼鸟乾坤老更宽，棋诗岁月有常春"

等。文字隽永,道理明白,子孙潜移默化中受到教益。

杉洋的后山是逶迤的群山。旋坡而上,可见杉木遍野、满目青翠。车行半个钟头上了千米高山后就是一片草场,草场延绵起伏,一望无际,是闽东最大的草场。场地主峰麒麟峰海拔超过千米,故有"天上草甸,云中麒麟"之美称。

我们是深秋时节上山的,看到的是茫茫草地一片灰黄,如同猴毛一般紧贴山地,书写出浓郁的秋色。当地村民告诉我们,如夏天来此,放眼四周皆杜鹃,高原如同铺上一层红地毯,好看极了!他们说在这里春赏艳丽,夏看翠绿,秋见雄浑,冬识苍茫,四季各有不同景色,都令人感到新鲜惊异。春夏来此如遇风起草伏,还能见到"风吹草低见牛羊"的塞北风光。

美丽的高山草甸,还是一块遍洒革命先烈热血的红色沃土。土地革命战争时期,闽东独立师第二、三纵队进驻古田大东地区,在艰苦卓绝的三年游击战争中,叶飞、阮英平、陈挺等无产阶级革命家经常来到此地,来时就住在草场边白溪祠堂的三层楼上。方志敏也曾来这里指导革命斗争。闽东特委古田第一支部就在这里的溪尾宫成立。在三年游击战争中,李绍著、李奶佑等一批革命青年的鲜血就抛洒在这片土地上,他们的战火青春犹如草甸上夏日里盛开的杜鹃花,永远的鲜红、亮丽。

"杉洋胜地快登临,朱子祠前望翠岑。林壑清幽里野辟,先贤文化入人深。"这是民国初年海军上将、福建省省长萨镇冰写的《游大东杉洋》诗篇,描述了杉洋的外秀内慧。杉洋,一个从历史深处走来充满诗意的古村,一颗深藏在闽东大地上的明珠,随着尘封迷雾的层层剥开和散开,她将焕发出更加璀璨的光辉!

走过双溪的背影
彭常光

特意又去了一回双溪,那种郁闷的感觉总在心里徘徊:愚钝的我委实无力穿透这里的千年历史,更无力解读这里沉积深深的文化底蕴。因此,只好站在河渚上打捞一些零碎的记忆,点点滴滴,权作此行的感受吧。

双溪四面环山,南北山峰挺拔高峻,南是文笔峰,北即三台山。村落倚傍在三台山南麓迤逦铺开,东、西两条小溪迂回合抱,在西南隅汇成一处"两水回澜",之后向西流出山外。乍到双溪,视觉上感受不到特别的冲击,只好在宁静淡雅的空气里悠闲地走,随意地看,走走看看之中,幽深的卵石巷和石巷两旁的土墙黑瓦不经意就把我的思绪拽入邃远。从邃远返回眼前，重新打量古朴的陆氏宗祠，思绪顿时又被拽到邈远，走出走入，不禁浮想联翩，一千多年前这里发轫的情景便一下子漫泛于眼前。

后梁乾化三年，曾任古田知县的陆氏始祖陆噩辞官退隐，遭遇时局动荡，兵荒马乱中不能回归陕西故里，于是，携带家眷，穿过深山小道，最后在这个草菁林茂的"双溪之汇"落下根。从此，双溪便吱咯着陈旧的轱辘，跟跟跄跄挨过一个又一个混沌的岁月。

八百年后，陆氏始祖选择的这块天宝之地，又被另一个人锁定，他同样也是古田知县，叫朱岳楷。这时的双溪，不过散落的"四五十灶"。这一年，屏南剥离古田立县，双溪设为县治。因地处翠屏山之南，雍正皇帝还赐给了一个方位感很强的县名——屏南。这一年，是清雍正十三年。

第二年正月，也就是乾隆元年正月，授任县令的沈钟，在古田水口草草过了大年，初二就从水口出发，到古田县署接过印台后，乘轿跋涉羊肠小道，颠颠簸簸地来到双溪。这一天是正月初八。

沈钟来到双溪时，县衙仅有一座空署茕茕孑立于野田荒草间，夜晚来临，每有猛虎聚于墙外，呼呼觅食，煞是一派荒凉森怖的景象。他耗费库币，延工请匠大兴土木，不过三年，城垣、衙署、坛庙等相继落成，各项事业蒸蒸蔚起。自此，双溪就伸出一双大手，徐徐拉开整个屏南城乡演变的历史序幕。

城隍庙，初建于沈钟之手，始初禋祀刘疆和林溢、林希诸神位，借以御灾悍患、荫福庇众。他万万料想不到，后人却给他腾出了一个位子来！

城隍庙依山垒建，层层渐上，红墙青瓦，香泽满庭。透过袅绕的香烟，瞻视沈钟威严的神容，他当年开拓屏南的艰辛依稀若现。初踏此地的他，一切都得从零开始，除了要建造规模庞大的衙署建筑群外，还要思考着如何将文明的血液灌输到一个五万六千人口的羸弱机体。在他这个读书人的眼里，这里远离朝廷、蒙昧未开、满目荒凉、百业待兴。勤政、兴教、劝农、移风易俗,这四大件要务耗费了他大部分的精力。他一步一个脚印地干着,无时无刻不在想着将自己理解的耕读传家思想,渗透到四面八方的血管末梢,只是他每每觉得力不从心。于是,他挑灯喟叹:"新辟山城草昧初,民风朴拙吏迂疏。一经自课诸孙读,半亩亲教老仆锄。香案云生吞印把,讼堂苔绿上阶除。盘餐漫道无兼味,笋蕨春来食有余。"

其实,最让他感到无奈的却不是这些,而是这里淳朴的乡民淳朴到了拙的地步,不信官府,不重讼堂。凡有争事,遂以香案代替诉堂,以诅咒代替讼词。眼前的这些落后的状况,深深地刺激着这位来自江南富庶之地的举子。这一刺激,倒是刺激出一股力量来。一方面,他按部就班地承受着封建官吏固有的案牍之累。另一方面,他着实留下一串串富有动感的脚印。初来乍到的他,认定"治民之要,莫先乎教养,若屏之教尤为急务"。于是,他建学堂兴义学,"不惮再三陈请",努力争取更多的科举名额,并亲自课读。这里山高水寒，粮食产量很低，他便推广梯田耕作技术，提高水稻产量，同时还引进作物新品种，"使民裕足"。当时这里没有棉花，但麻葛较多，他便劝导众多的家庭妇女用麻葛织成夏布，让男人挑到邻县的古田、宁德等地去交换棉布。为活跃商品经济，他"整饬肆铺，招徕商贾"，各姓商客纷至沓来，城镇规模逐渐扩大，财富和文化一溜溜地聚集到了这里。

他认真地较着一股劲儿，一门心思推着那个笨重的轮子。那一推，虽称不上力拔山兮，倒也把轮子推得吱吱咯咯作响。到了道光年间，双溪鼎盛一时。单举一个例子，那些年头的元宵节，各种娱神、娱民活动可谓盛况空前，闹花灯、踩高跷、迎铁枝、舞香火龙……好不热闹，老百姓开始品尝到"盛世"的甜甜味道了。

一个月明星稀的夜晚，训导黄学波过完元宵节，感慨万端，欣然写道："桃秾李郁一番新，灯买金玉花买春。十里香尘一轮月，夜街时有拾钗人。"

训导笔下明亮的月、辉煌的灯、曼妙的花、失落的钗，至今依然；不能依然的却是那些被碾成齑粉的城垣殿阁，是殿阁里通明的灯火。套用一句现成的话：属于大众的东西才最有生命力。

该延续的，生息尚存。"万仞宫墙"里的文庙修葺如新，沿山垒筑的城隍庙巍然矗立，卵石巷还穿梭着人们的脚步，青瓦上还冒着炊烟，精致木雕依然鲜活在壁板上，瑞光塔始终在风霜雨雪中傲骨凛然……

呵！当年陆氏始祖一锄下去，镢出的是一座千年古镇；后来沈钟一脚踩来，踩出的是千年古镇的一条文化芳径；那么，今后呢，该怎样的发力呢？

我想：今人已拥有了最强劲的韧带！

朱紫坊巷方寸间

林 哲

不同于改造后喧嚣热闹的三坊七巷,与之相望的朱紫坊仿佛躲在僻静深闺里的少女,不肯轻易抛头露面。

曾是古护城河的安泰河傍着它缓缓流过,岸边的榕树弯曲成各种姿势,结成一片浓浓的绿荫,刺眼的阳光一经过这里,便显得阴柔了许多,透过交错分离的枝丫,洒落了一地晶莹。在或明或暗的光影里,"朱紫坊"的牌楼不起眼地与毗连的闹市商店相映衬。雕着精致龙凤祥云图、淡褪了些许彩色的坊牌,无言地向我诉说着这条坊巷悠远的历史。

宋代通奉大夫朱敏功曾居于此,出身书香门第的朱氏兄弟四人皆登仕版,朱紫盈门,"朱紫坊"由此得名。"唐宋八大家"之一的曾巩曾为之题诗："红纱笼灯过斜桥，复观晕飞插斗栱。人在画楼犹未睡，满堤明月五更潮。"如今，昔日的繁华已被嵌入史书泛黄的扉页中，一扇扇紧锁着的朱漆大门、被缠绕的电线切割得破碎的天空、苔痕斑驳的"几"字形封火墙告诉我：在这坊巷方寸间，萧索和寂寞是它的总基调。

坊巷里的民居大多保持着古朴的本色，却又不失南方古城的独特风韵。弯弯翘起的檐角上镂刻着龙凤麒麟，虽然岁月的风雨模糊了它们的棱角和轮廓，但当年的精致绝伦依旧可辨。木制窗棂精雕细琢成松竹梅兰的图案，阳光透过天井折射出柔和的光束，彳亍于凹凸的青石板。不时，我们会惊喜地发现大门上白底红字的牌子，写着"名人故居"的字样，叶向高、方伯谦、萨镇冰、张珏哲……这些古城人熟知的历史人名，在这样的一片小巷天地中，顿时鲜活起来。

坊巷方寸间，隔绝了闹市的喧嚣，却又不

同于乡村小巷的风味。深深的巷子曲曲折折，一眼望不到尽头。有时，我们以为前方就要到头了，走过去一转弯，依旧是幽巷深深，别有"柳暗花明又一村"的韵味；有时，一条小径如同章鱼的触须，向四方延伸出细细长长的里弄，仿佛叶片上经纬纵横的脉络。墙上开得正盛的紫藤瀑布般垂下，如同一道古朴的紫色屏风，给这方寸间增添了几分厚重的历史底蕴。这里的悠闲与静谧如同波澜不惊的古井，随着跫音的深入，微微泛起涟漪，缓缓荡漾开去。

我行走于没落与辉煌的边缘，用镜头摄下那些曾经的辉煌、如今的沧桑、未来的消逝。在这一方与水泥森林格格不入的世界里，千年护城河如今水流缓缓，沧桑依旧。我看见小水渠上方有一座悠悠古桥，桥头曾经雕刻精美的石头狮子和莲花图案被风霜侵蚀了棱角，依稀可辨的凹凸依旧向匆匆过客彰显着当年的做工精良。古桥弯弯，对岸是一株古榕，沧桑的根须独木成林，揉进护根的泥土，又繁衍出世世代代的新生命。古榕旁边总有供奉地方神的神龛或小庙，终年香火袅袅。古城人坚信，只要精诚所至，什么样的神，无论是临水娘娘、田螺姑娘、齐天大圣，还是裴真人、南天照君、关公老爷，个个都会显灵。很多坊巷里的老屋在历史上都曾是官员商贾的豪宅府邸，而今却沦为市井凡尘。"旧时王谢堂前燕，飞入寻常百姓家。"这些陈迹不能与名胜相媲美，在我看来却更具一番风味，那接地气的温暖，刹那间，如暖流，溢满心田。

余秋雨在《千年一叹》中说过，世上有两种文明，一种选择喧嚣，另一种则选择了寂静和清幽。现在的朱紫坊无疑属于后者，它如同现代的乌衣巷，家家都有一本兴衰史，那是古城和古城的人们跌宕的生活、历史中变幻的年华，但无论花开花落、云卷云舒，小巷依旧宠辱不惊、淡然面对。

方寸坊巷，是都市建筑艺术中的一篇恬静的散文，又是汹涌人海中的避风港。让那些浮躁或疲倦的心灵，在此停泊和徜徉，寻找遗落的美好与坚强吧。

小桥·流水·朱紫坊
李建珍

虽然未能跻身"三坊七巷"之列,但朱紫坊依然以其深厚的历史底蕴、独特的地理位置,还有数家竞争激烈的"蹄膀破店"而出名。

朱紫坊是位于安泰河边的一个很小的街区,北接津泰路,南邻圣庙路,东至津门路、花园路,西靠八一七北路,街区内坊巷十条。朱紫坊街区大致形成于唐、宋时期。宋代通奉大夫朱敏功居此,兄弟四人皆登仕,朱紫盈门,因此称为"朱紫坊"。据《榕城景物考》记载:"唐天复初,为罗城南关,人烟绣错,舟楫云排,两岸酒市歌楼,箫管从柳荫榕叶中出。"由此,足见当时的繁荣景象。宋时,修筑外城,街区全部被包入城中。街区的空间格局,一街水巷,河水荡漾，古榕苍髯，巷坊交错，古旧老屋，曲线山墙，门罩排堵，极富地方特色。

如今的朱紫坊，正对着大街的是一座很常见的牌坊，下面雕刻着双龙戏珠的图案。初春，在午后灿灿暖阳下，朱紫坊仿佛刚睡醒似的，懒洋洋地，没有一丝行色匆匆的神情。

走进朱紫坊，左侧是安泰河，右侧是夹杂着若干古民居的现代砖混房子。不多远便是其中的代表——朱紫坊22号，单看那高高翘起的飞檐和四扇朱漆大门的气派，便知里面曾经住过大人物，门口并不协调地钉着的三块金属牌证实了这一点。两块白漆、边角略有些生锈的铁牌标明这里是"萨镇冰故居""萨本栋故居"，另一块铜色牌子则写着"福州名人中山舰舰长萨师俊故居"。

萨家先祖系色目人。元代四大诗人之一萨都拉，曾官至南台侍御史，泰定帝铁木儿钦赐其姓萨。此为萨氏家族立姓之始。其孙萨仲礼是元统元年进士，官至福建行中书省检校，举家由雁门迁福州，子孙繁衍渐成望族。

这三位萨家前辈全是大名鼎鼎、有口皆碑的人物：

萨镇冰经历了清、中华民国与中华人民共和国，是中国海军史上一位卓越的人物。同时，他一生扶贫济困，广造福祉，被人民大众称为"活菩萨"。这是一位生前享有隆声，死后名垂青史的伟大人物。

萨本栋，萨镇冰的族孙，为中国留美学生中之佼佼者，十九岁以优异成绩毕业于清华学校，二十二岁获斯坦福大学机械工程工学士学位，二十三岁获麻省伍斯特工学院电机工程学士，二十五岁获理学博士学位。他是著名的物理学家、电机工程专家、教育家。1937年，"七七事变"前一天，萨本栋三十五岁时被任命为国立厦门大学第一任校长；抗战期间，为建设厦门大学做出了重要贡献；抗战胜利后，为恢复和重建中央研究院做出了极大努力；因劳累过度，于四十七岁英年早逝，令人扼腕。

中山舰舰长萨师俊则是一位英雄，他是萨镇冰之侄，自幼立志洗雪甲午国耻，后就读于烟台海军学校，以优等生毕业，历任多艘军舰的舰长。1938年，中山舰奉命开赴武汉上游的金口迎敌，遭到日机狂轰滥炸。中山舰重损不可救，萨师俊左臂、左腿皆重创，右腿不知所踪，化为一血人。但他继续指挥，不离岗位，部下劝其离舰，萨师俊答复："诸人尽可离舰就医，惟我身任舰长，职责所在，应与舰共存亡，万难离此一步。"最终其与一代名舰共沉江底。

从朱紫坊中一条狭窄的花园弄拐到花园巷，有明代三朝元老、宰相叶向高的故居。"工诗文，精棋艺"的叶向高为人光明磊落，对于党派之争都尽力居中调停，希望能求同存异，以国事为重，极尽所能地保护了陈良训、熊廷弼等一批朝臣幸免于难。天启四年，魏忠贤势力强盛，开始大杀东林党人，叶向高因是朝中清流的代表，被列为东林党首魁，被迫辞职。在京城的时候，叶向高与意大利传教士利玛窦交往甚笃，辞官归隐后，又邀时称"西来孔子"的意大利传教士艾儒略来到福州，"三山论学"一时成为佳话。

离叶向高故居不远是方伯谦故居,这是一位在近代史上形象不太光彩的名人。方伯谦是福州船政学堂第一期学生,与萨镇冰同学,曾与萨镇冰、叶祖珪、刘步蟾、方伯谦、严复等一起被派往英国格林尼治皇家海军学院学习驾驶。回国后,他曾尽职尽责为国效劳,但是在黄海海战中,"致远"号沉没,方伯谦任管带的"济远"首先逃跑,将队伍牵乱,僚舰"广甲"见"济远"逃,也随之逃跑。日本先锋队四舰转而围攻"经远","经远"被划出阵外,中炮沉没。后来,军机处电寄李鸿章谕旨将他在旅顺"即行正法"。

朱紫坊里出名的除了这些名人外,还有"蹄膀破店"。在饕餮者眼中,那争执谁才是正宗的五家破店颇有魅力。在外的福州人怀念起家乡,也免不了会提起朱紫坊的破店,想起那里的招牌蹄髈,俨然把蹄髈当成了乡愁的滋味。

上下杭：财源不尽随潮来

钟红英

算起来至少也可推溯到三千年前吧。那时的台江是还没有"双杭"的，"茫茫一片水域"大概是它留给世间最初最神秘的影。

后来有了一座山叫"惠泽山"，火山岩和花岗岩将它叠垒。在水际之泱，它雄踞一方，大有傲视天下之状，于是便有了一段汉高祖在这里册封无诸为闽越王的历史传奇，这一年是前202年。及后，它的名字又因闽王王审知在这里受封而再次夺目辉煌——当然这已经是千年之后的五代后梁时期。

可以想象滔滔闽江是如何在这里分分秒秒逶迤盘旋的，也可以想象它是如何昼夜不停地将这座大山一次次冲刷撞击着。不知经过了多少年,这时已改名叫"大庙山"的山麓早已有了一片冲积平原,地势平坦,内河淙淙,竟甚为宜居。

于是便有人开始在这里活动,于是便有了大大小小、高低错落的房舍。不知从何时起,也不知是否因水陌相通之故,这儿的两条街有了自己的名字,称"上航路""下航路",而渐渐地人们却习惯了叫它们为"上下杭",或"双杭"。

我不知道宋时的人、宋时的屋、宋时的景在这里是如何一幕幕更迭上映的。只知道这里的房舍因水岸的原因多用木构而成,这里的空气因临江面海之故,夹杂了隐隐约约的鱼腥味,这里往返忙碌的人除穿梭于巷弄之外,还常常摇着橹桨荡漾在江与海之间遥遥而来,悠悠而去。

只是这样的情、这样的景在漫漫时空的浸润下悄然发生改变着,谁承想,一个商业王国的崛起竟然就在这样的地方轰轰烈烈地发生着,从清朝末年一直上演至民国年间……

应该还是水,让双杭突显出它独特的商业地理优势:三捷河东、西、南向均与闽江相通,那蜿蜒曲折的航道上,运载各类货物的驳船、木帆船和民间龙舟、粪船畅行无阻,且与数十条小巷胡同连接,由是自然有了水巷道、三通桥道、圣君殿道、马祖道等用方块石砌成台阶式的既供沿岸居民挑水、洗涤,又供船舶靠岸、装卸货物的道头。"龙船扒出后田口,船工运货上下杭。"这曾是一幅多么繁华忙碌的商业市井图画啊!

应该与深厚的民间传统文化习俗相连:纸业供祀蔡伦,酒业供祀杜康,茶业供祀陆羽。这早年的手工行业信仰呀,随着商品经济的发展和商业圈的不断扩大,又增加了保平安行船的妈祖信仰、立诚信的关帝信仰,以及"聚财吉兆"的商神张真君信仰,让双杭的商业文明徒增无数色彩。

当然还与"五口通商"有关。清道光二十四年,福州作为"五口通商"口岸开埠,商业迎来畸形繁荣,至民国时期形成高潮:金融、进出口、土产、茶叶、药材、海纸、绸布、京果、糖、颜料、百货、海运、汽车运输等行业私营商业企业数百家聚集在这里，由此带动粮食、面粉、食品、烟草加工业和纺织、染布、酿酒、鞋帽、棕麻、刺绣、刻印等手工业上百家，使双杭成为辐射全省、沟通省外及东南亚地区的商品集散地。

商业的繁荣必然与人口的流动紧密相连；流动的人口定然需要一定的场所为之提供必要的庇护，于是，一幢幢会馆在双杭地区拔地而起：浦城会馆、江西南城会馆、南郡会馆、兴安会馆、延郡会馆、建宁会馆、寿宁会馆、绥安会馆、邵武会馆、建郡会馆、周宁会馆、泰宁会馆、尤溪会馆、福鼎会馆，这十四家会馆无一例外建成于清，矗立在上下杭，何其壮观！它们代表着的已不仅仅是一个个地域概念，还是这些地方财富与实力的总较量：厅堂、戏台、酒楼、亭台楼阁，无不雕梁画栋、漆金涂丹，饰以纷呈牌匾、荟萃楹联，堂皇精美，更有一些兼具书斋、花园，花木扶疏，清幽淡境，甚是雅静。

兴安会馆当是其间最大最气派的一家会馆了，坐北朝南，一气将双杭街道贯穿了起来。我无法想象兴安会馆门前高大威武的青石雌雄狮曾经迎来送往过多少来自兴化在这儿开店、摆摊、挑担叫卖，继而发迹成为资金雄厚、最负盛名的"兴化帮"商人们，但可以肯定的是，它们见证了由于商帮的超强实力，这条原本名为"下杭"的街道为此又有了另一个别称"兴化街"。我也无法历数殿内供祀的天后妈祖曾经注视过多少来自兴化的举子昼夜苦读的身影，但可以肯定的是，天后妈祖的慈眉善目，一定深深记下了聚源发纸行、何元记糖栈、苏开勋义美南北货行和蔡大生鞭炮行这世称"四大金刚"商帮的领头人叱咤风云、来去匆匆的身影。

兴化帮经营商品的范围极大，几乎囊括了京果业、食糖业、百货业、代理业、烟业、进出口业、棉布业、鞭炮业、钱庄业、侨汇业、汽车运输业、食品加工业、酱鱼奇业等所有行业。由于不同一般的经济实力和地位，他们当之无愧稳坐各大商帮的帮首之席。除建造兴安会馆，并每年春秋两次在这儿举行庆赞"酬神"活动、整理帮规、推举会首之外，他们还积极举办慈善事业，置产"寿生堂"为旅榕莆仙贫苦乡亲临时居住，并购置"兴化山"一片，作为同乡死后埋骨之所。

江西南城会馆又当是十四家会馆中最小的一座了。那时的江西帮和温州帮，是双杭地区最具实力的两个外省商帮。江西帮以经营土产与药材生意为最，于是南城会馆那"面阔三间、进深四间"的不大的空间里，因存储堆放货物之故，便自然而然弥漫着一些大山的味道了……

从白马南路往南走，有一座红墙建筑格外醒目，孤零零矗立在现代高楼的围困中，一如隔世的红梅，傲骨而冷艳，它就是台江区现存最好最完整的一座会馆——古田会馆了。馆内戏台左侧之墙，陈章汉先生所书《闽都赋》，作为古田会馆内所展示的关于台江商业文化和会馆文化的"序言"，高度概括而凝练的文字在馆内精致的木构件、石柱、石栏，以及藻井雕饰的映衬下，如一条绵绵的河，显示出台江那曾经如繁花盛开的一段景。只是眼前掠过的一张张老照片——三县洲、台江码头、连家船、万寿桥，以及那一串串曾经风云商界的大名胡文虎、曾文乾、黄瞻鳌、黄瞻鸿、欧阳康、李郁斋……这些黑白图片所展示的历史记忆的模糊和与文字表述的史迹那清晰如昨的真，竟让人一时恍惚不知所处：地名尚在，人名尚存，而彼时的景、彼时的人却早已如烟消失在历史的尽头，唯丝丝残迹偶或有兴趣滴漏一下那陈旧苍老的故事罢了。

这恰如一街之隔的上杭路、下杭路，漫步其中，是无论如何无法将"史"与"实"这一切的一切重合的，它们曾经的繁华与今日的没落，最最多的，是落实在史志字里行间那艰难的"难觅旧影"四个字眼里——

说福州城区有六十多家会馆，其中一半以上在台江，而上下杭地区最集中，堪称"会馆一条街"。然浦城、南城，基本保存；南郡、建宁、寿宁、建郡、周宁，部分保存；兴安、延郡、绥安、邵武、泰宁、尤溪、福鼎，已拆。这写在史志中的字，如何不令人感而叹之！而我这一天仍固执地要来双杭，寻一眼清时双杭会馆那一世的美。然而双杭满街的零乱、忧伤和失落，从西式门窗、木构雕版、美人靠、小洋楼上，是可以感觉出来的，它们剥落如残，在僻静的灰炉巷、汤房巷、四太子弄、总管边、婆奶弄……时不时撞眼而来，如颓废的老人，生机了无。这是一种如灵魂出入躯体的状态呵！许是仍旧陌生之故，许是先入为主的心境的影响，下杭路92号的南郡会馆成为此行见得最真切的一个会馆，这是因为我实实在在地看到了大门上方青石横匾上刻着的"南郡会馆"四个大字，以及两边拱形仪门上方的"河清""海晏"青石额刻。然红砖清水墙、戏台、天井、大殿、厢房鱼池，和志书中的"重檐歇山顶，穿斗式木构架，雕木贴金，富丽堂皇"之景，如今概已全都湮没在"幼稚园"那一墙红的粉的卡通世界里了。

有一位老太太坐在巷口默默地看着街上人来车往的身影，她看上去眉清目秀，仍可见当年的风韵；还有一位老爷子优哉游哉躺在藤椅上晒太阳，身旁满是粉红粉红的丛丛月季。

另有一位老人，站在上杭路古老的青石条板上，为我讲述着他童年时亲历的双杭的景：那大概是抗日战争前后吧，双杭的茶业、木材业、土产业、糖商业、京果业、油商业、海产干货业、粮食制品业、绸布业、酱鱼奇业、棉苎业、文教用品业、百货业、国药业、西药业、烟业、颜料业、进出口业、海运业、屠宰业、肉燕业呀，那真叫个繁盛。他指着左前方福州商会旧址说，那时福州、兴化、福宁、建宁、延平、邵武、汀州等地的富商们，常常是坐着黄包车从这条青石大道前往商会议事的，而平民百姓则拉一辆平板车，咕噜咕噜前往各商行运货贩货。印象深刻的还有日本人和特务头子，他们坐的黄包车呀，除了一人拉，两人推，另有两个在侧护着外，他们的车轮是充气轮胎，而不像咱们的木头轱辘。最有趣的是有个曾姓人家，以经营茶叶、土布、笋而成为首屈一指的大户。他呀，有十二个老婆，每个老婆以1至12月份的花名取名，于是他家的"花儿"从桃花直叫到梅花。

讲着故事的老人眼前似乎又看到一个伙计往路头的中孚药材栈飞奔而去，那城里的店面还等着他回去汇报今日各药材的行情呢。他也似乎看到了青石路面的那头，一个人正钩着一条大鱼，一步一步拖着走近……

老人看上去有些苍老。

他的故事也如双杭，繁华尽处是苍凉。

泊在江边的恬梦

简　笔

有些街巷，因为由盛及衰，因为一段或明或暗的历史以及一种席卷而来的沧桑，令人好奇、趋近并愿意为之努力。

上下杭，便是。

翻开《双杭志》，闽江的长风碧浪就在册页间不休不止地流荡翻滚。在离闽江最近的地方，为何有此街巷？曾经的万亩波光，寂寞沙洲，第一棵草木，第一块石板，第一行足迹，第一缕炊烟，第一家商铺，第一宗买卖……已是很遥远、很遥远的物事了。记忆的片段总被乱风剪断，但白纸黑字的记述，一落笔就是几年、几十年，还原了无数个远远近近、宏大鲜活的现场，将时光的珍藏和盘托付给寻找往事的人。

其间埋在岁月深处的壮阔曲折，总不免令人在回溯中生发些许感叹和自豪。

我时而游离脉络，时而融合事件，将分散在字里行间寥寥数语的细节和碎片细细拼接还原，得出一个结论：所有具物与时光的关系，无非像喝酒，拼，或者敬。而上下杭，也历经了兵燹、水患、火灾、雪暴、疫乱、人祸等诸多灾难，有的灾难是习惯性访客，不请自来。譬如洪涝灾害，《双杭志》中，"溺""没""漂"等字眼就放纵地出现，其中万历三十七年的洪灾更是触目惊心，"浮尸败椽，散江塞野"。但命大的上下杭均一次次化险为夷，在跌跌撞撞中挺了过来。如今，它已改头换面，从名字到面貌，再从状态到气质都迥异于前，然而，当我从邈远的时空和熟悉的地域这二维向度审视它时，却依然熟稔。地名永远是骗不了人的，"杭"的前身为"航"，看着它，眼里仍能映出蓝汪汪的水来，似乎还间杂着咸湿湿的鱼腥味和撑篙人意幽幽的号子。

那就趁着这股水淋淋的湿意，说说水吧。

/ 泊在江边的恬梦 /

《三山志》说:"有江广三里,扬澜浩渺,涉者病之。"此江便是千年流淌的闽江,时光逶迤,水路流转。

有江便有沙,沙粒微小,却也聪明,像藤蔓不满足自己促狭的地皮,借着水力,向岸边拥去。这群沙刚冲撞过来,那群沙又扑跌而至,泥沙俱下,前赴后继,重重叠叠,终究粘连板结一处了,直到蛮霸的浪潮无法拍散它、淹没它,进而拓出一片新陆地。生命中所有的谋划都是如此坚忍不拔而又不动声色——这样说来,闽江是上下杭的前身,闽江的胎盘孕育了街巷,或者干脆说这片变迁的街巷本身就是闽江的一部分。即便如今,在江是江、街归街的空间格局里,照样能感知两者的地缘之亲投射在彼此生命里,斑斑驳驳,难舍难分。

站在大庙山张望,闽江就在山脚汤汤东去,稍远处青山绵绵,天边应是烟波森森的大海。既然阳光这般明媚,长风如此浩荡,一直一直传递着不可抵挡的力量,也就有理由对于这片有着远山远水的土地上生活的人提出同样的要求——显见的辽阔与豪气。

曾于网上偶见一张照片，就在上杭或下杭的某户人家，铁花栏杆的旋梯，实木的扶手前端扣着一个栩栩如生的龙头。每日登楼，紧紧抓住如此霸气之物起势攀高，龙腾虎跃也好，龙头引领也罢，总不免令人涌起一些意象——它是要抓住什么的——曾经的上下杭不就抓住了一整个时代！

"曾经"，当我用这个词时明白，这个辉煌的曾经也就是明代以降的事。明代，上下杭初崛，有了这个伏笔，美好的商业大戏就此推进，在清代中期至民国初年抵达高潮，故事多叠，情节密集，未曾间断。透过"城廓南有市，灯火夜眠迟""近市鱼盐千舸集，凌空楼阁万山低""才子挥毫春作赋，商人载酒晚移舟"这些镜头感十足的笔墨，像胶片倒带般回闪出一幕幕华图盛景。而曾经贴于一家理发店的"冠盖如云，大魁天下"铿锵豪迈的对联，也在诗文之外，成为昔日繁华富足高调佐证的民间版本。

上下杭鼎盛时期，百业俱兴，行栈林立，

"聚集了两百六十多家商行，经营物资五百多种，特别是木材、茶叶、纸张、菇笋四大市场名闻海内外"。一时之间，这片不大的街区成为辐射全省、沟通省外及海外各国的商品集散地。它仿佛宣纸上一个湿重饱满的墨点，随便滴在哪个角落都能淋淋漓漓洇染一大片。与商业兴盛相伴的是金融业的兴旺发达。当时私营、合营、官办的各类金融机构纷纷驻扎于此，整日里算盘密拨，流水泠泠。

近年，上下杭被誉为"'闽商'及其商贸文化发祥地之一"，至此，这一段渐被遗落的辉煌时光总算被另一个繁荣兴盛的时代所铭记。

记忆总在倒序中缓缓流动，"话当年"三星照，照见了帷幕背后的故事——

对于当年汹涌的商潮，谁都期望它的浪头能打得更高、冲得更远，因此，官方有官方的动作，民间有民间的心思。乾隆五十年，清政府在上下杭附近设置"福州海防分府"，管辖这一带商事活动。而聚集的几百家大商户，依地缘自行组建商帮，如兴化帮、闽南帮、南平帮等，甚至有外省抱团取暖的江西帮、温州帮等。政有律令，帮有帮规，这些动作心思无非一个指向，那就是规范发展、做大做强。这些心迹，张真君这一商神可以朗鉴。

爱，总是有缘由的。话说张真君被当地人敬若商神亦有其街知巷闻的故事。具体说来倒不是其本身的神性或魅力，而是沾了地理位置的荣光，从"圣君殿前两头涨"的民谚中可窥一斑。张真君化身前是永泰县人氏张慈观，只是个行侠仗义修成正果的善士，与义有关，与商无故，但供奉其神像的张真君祖殿正好位于下杭路的星安桥与三通桥之间，殿前三捷河面临商业区河道渡口，水涨时潮头两进，寓意"财源滚滚"。再加上祖殿是这样一个比较安静敞阔的公共场所，当时一些商帮人士聚此议事，渐成各商帮的活动中心。到了19世纪40年代，在此设立"福州钱业商事研究所"，自然而然成了各商帮、行业议行论市、互通情报之所在。

而今，张真君殿是在的，绿荫掩映，香火袅袅。三通桥也是在的，石板斑驳，躬身无言。

据说此桥先是被拆，后经多方呼吁于2004年得以重建，不过没在原地，移了方位，经此折腾挪移，汇潮的自然景观亦荡然无存。如果非要找出象征意义，至少两个：一是三通桥从历史背阴处直通到人心，支撑它重建的正是人的粗健骨骼和内心轮廓；二是浮世里一些与美好关联的事物在时代高速运转的履带上有时会晕了方向，甚至无端寂灭。

早春的某个下午，我热忱地贴近上下杭。一边是穿越宁馨季节和人潮汹涌的街头直奔而去的我，一边是穿越风霜雨雪静守一隅的街区。我与它的刻意相见，它究竟会给我多少情深意长的馈赠？

远远望去，暖暖的夕晖铺在砖墙黑瓦上。我置身于如此一幅冷暖交杂的油画前，恍若隔世，无以言说。一些幸存的会馆钉在那里，时不时地撞入眼帘，在人来人往的背景下，携着它的庞大、坚硬、寂寥、沧桑逼袭而来。岁月是怀旧的，砖瓦是怀旧的，旧到人心隐隐作痛。

在时光面前，苍老与倦意本是不可避免的

两样东西，但当我伫立在会馆前，心灵深处还是禁不住涌起了一层层忧伤——时代骎骎而走，可零落的会馆，甚至整个上下杭终究回不到过去了。包绕在会馆周围的依然是蛱蝶穿花、枝杈凝翠，甚至灯红酒绿、车水马龙，可人去楼空的建筑本身，不管过往如何的繁华，少了追梦人的身影与声息也是一样的落寞。殊不知，这些旧时的"驻榕办"或"同乡招待所"的门槛下，朝曦暮霭里频繁进出的曾是怎样自信挺拔的身姿。他们来了又去，去了又来，来来去去间，河山入梦的雄心壮志、乡思入云的苦闷惆怅、赶路的匆匆步履，以及磕绊摔倒的破皮、毛刺、血泡……都淹没在会馆里了，最后把打拼创业的流金岁月渲染得血色斑斓。

据载，上下杭最盛时共有会馆十六家，其中短短的上杭街更是集纳了十二家，堪称"会馆一条街"。扫描一下诸会馆，面积规模不一，外观各具特色，然而又有相似的基本格局、功能及装饰，着同一时代的烙印。厅堂、神殿、戏台、酒楼、厢房是少不了的；斗拱翘檐、雕梁画栋、漆金错彩则是门面必需；牌匾、楹联、字画是加分的项目，会在最醒目的地方一一张挂；环境布置更是挖空心思，假山堆垒、水池粼粼、花木扶疏、移步换景。

光阴是指间的漏沙。现今，有的会馆已不复存在，连残砖剩瓦都无处可觅。曾经重门叠户，讳莫如深，转眼间夕阳西下，野草黄花，让人感叹流年似水。有的会馆还保持原样，守着清寒，不失刚硬与自尊。有的会馆则修葺一新，多少还原出往昔的奢华幻影，典雅而不失威严，华丽却又见古朴。仰望坐落于繁华地段的古田会馆，它犹如一个精美的包装盒，需要倾囊打开才能看到真相。细细打量，旧前芳华浑浑然遁入想象，耳目里晃动的全是微风、微雨、微黄的落叶、微乱的人流、微喧的闽音。刹那间，内心百转千回，疼痛微微荡漾。

当年活跃在各个商帮里的商号应该有黄恒盛棉布行，德发、义美京果行，生顺茶栈，蔡大生鞭炮行，聚源发、协发土产行，何元记糖行，源泰海产干品行，咸康、广芝林国药行……而黄乃裳、胡文虎、张秋舫、罗金城、黄占鳌、曾长乾、欧阳康、杨鸿斌……这些历史册页上一笔一画留下尊姓大名的贤达俊彦，也应该在帮会上挥着手自信地发出过带着地瓜腔的声音。

不知从哪天起，这些叱咤商海的精英走进了历史深处；也不知哪天起，这些活跃过他们身影的会馆连同会馆站立的地方，珠攒线绕，共同构成了一个文化意味浓厚的称呼——福州传统商业博物馆。如此，它的故事便远未完结，必有续篇，一如馆内的森森修竹，盛满岁月风情的同时，还将恒常摇曳细细天籁……

会馆之外，我更愿意阅读沿街沿巷那些老民居、老商铺、老工厂、老祠堂，它们于不事张扬中包孕着紧实稠密的日常细节。

举目望去，变幻多端的镂雕窗棂，尽管缀着层层剥脱的铁锈和千丝密织的蛛网，依然难掩昔日雍容气度。斑驳的老墙裸露着土砖精心排布组合出的图案，偶尔是成片的青苔把高墙装饰成古旧的屏风；或者是从砖缝中钻出一丛杂草，随风摇曳几许苍凉，间或褪了色的陈年旧画；再或是与灰墙嵌成一体的浮雕般赭红饱满的五角星，甚至依稀可见"文革"时期的宣传标语，别有一番意味。

巷弄深处，好似一片久被遗忘的角落，人影寥寥，声息奄奄。

偶有白发老人靠在比人还老的藤椅上打盹，熟悉的街坊攒三聚五地下棋、打牌，或围在某棵树下有一搭没一搭地聊着家常，一两架自行车从身旁吱咕吱咕滚过……有时，黝黯的小门边突然闪出一个头发披散、趿拖鞋、穿睡衣的女子，或是跟随打工的父母来榕的小女孩支起破桌旧椅，借着天光温书，或是邻居间因过于熟稔而仅仅一声简短潦草的问候……一切的响动都显得零星而有节制，宛如杨柳风轻飐，吹面不寒。在这样窄长的清幽冷寂中，不免对时光产生错觉：它一直就蜷曲在某个角落，不声不响，不曾踏步前行。

然而，那里却又分明有着流逝的时光和密集的门户——俗世里温暖的家，一路轻尘，一缕炊烟。他们过着一日三餐的寻常日子,一样要为生活挣扎,偶尔也对现实埋怨,发出微澜似的叹息,之后便继续为铺着暗尘的梦奋斗。而一巷之隔的中亭街,那些生龙活虎的身影,或许,就是踩着第一缕阳光从这些小巷纷纷走出的他们。就着夜色,他们可能拖着疲惫的身子风尘仆仆地回到小巷,回到灯火昏黄的小屋,默默积攒新一天的力量。

偶尔经过一些敞开的高堂华屋,望进去是一重又一重的天井。小巷太窄,房子过挤,无法大规模植树披绿,但总有爱美的人家在小小的天井里,摆放几株绿色盆景,栽种一丛三角梅或爬藤,或者干脆让一棵参天榕树巨伞一般撑在院子上方。在拥挤逼仄的日常生活边缘,还这般闲情逸逸地在庭院角落里安放几丛浓绿、数朵嫣红,于四时景明的朝朝暮暮里静静承享阳光雨露和淡淡花香,一切已无须过多表白,却风华尽显,忍不住要献给他们一个词——情调。

在幽深的间巷间随意穿来折去,整颗心都掉入久违的安宁静谧里,可以清晰听见自己的跫音，却又不担心吵扰了谁。婆奶巷、汤房巷、油巷、彩气弄……这些巷弄本身就充满故事，单单看着名字就觉岁月绵长、人事温婉，然后内心安妥。随着巷子的方位、走向、转角，阳光与巷子捉迷藏般地忽隐忽现，于是明媚与颓然，连同那些不知通往何处的巷道，弥散在即将沉降的阳光下。蓦地，感觉这里就是时间和世界的尽头，一切停留在某条巷子，一切又从另一条巷子开始。

渐渐地，光线弯下了腰，巷子暗了，更暗了，仰面望天，只见一条狭长的灰色锦缎。不久，月光会像潮水一般漫上船只似的屋檐。而小巷尽头又是谁家初上的灯，那是一盏勇敢的灯火，"啪"的一声，点亮那户人家生活的梦想，也照亮了我的路。

循着明暖灯光，我退出小巷，在无风无雨的静穆安笃里，自然不会遇见油纸伞及丁香般的愁怨。恍然想起——这是柔软的早春，更盛大的春天就在后面！

时光流淌的黄金岁月
林精华

"江畔何人初见月，江月何年初照人。"这是诗人张若虚《春江花月夜》中的名句，说的是天地悠远，时空尽显玄妙。感觉中，福州上下杭应该是一片落满了岁月风尘的黑胶唱片，用一块绸布轻揩去上面的灰尘，然后再轻轻地放进唱机，依然是一曲让人沉醉的歌曲。

上下杭位于福州台江，台江面江临海，自古便成为闽省各地商品运入省垣的集散中心。明清以降，惠泽山（今称"大庙山"）南麓，即为"江广三里，扬澜浩渺"的闽江。由于泥沙的长期积淀，形成了两道"沙痕"，成为浩瀚闽江停泊船只和起卸货物的水运埠岸，称"商航"和"下航"，古代"航"与"杭"音同义近。当地逐渐形成"陆洲"后，演变为繁荣的商贸街区，改称"上杭"和"下杭"，此后一直沿用至今，已有三四百年的历史。

如果把台江比作一顶璀璨的皇冠，那么上下杭便是这顶皇冠上的一颗明珠。明朝以后，福州商市开始从洪山桥与西门街一带逐步南移到台江地区，促使台江地区商品经济得到快速发展，台江遂成为全省闻名的商业区。特别是上下杭地区，由于水路便捷，各种大小商船可以直抵各种大小码头，成为大宗的茶业、笋、纸、纺织品、南北货、杂货和药材等的集散中心，最繁忙时期，仅经营物资，便多达上千种，除辐射全国外，还远销东南亚和欧洲许多国家。据说，当年马可·波罗曾在他的游记中记载，在闽江航道看到印度人。

翻开《福州双杭志》，其中有一幅已故民俗学者林祥彩老先生生前编绘的《民国时期上下杭街商行店铺分布图》。在这张图中你可以看到，当时的上下杭街曾出现过"近市鱼盐千舸集，凌空楼阁万山低""商人载酒晚移舟"的盛景。商帮的出现是上下杭地区商贸发展史上饶有兴味的话题。当我们说起晋商、徽商、粤商、浙商时，总是对那些在新旧时代急速嬗变之际善于审时度势，以重大历史活动为契机，从先前的仰人鼻息到后来家财万贯的商界巨擘充满了无比的敬意。而上下杭地区层出不穷的那些商帮和商帮代表人物，实则是"善观时变，顺势有为；勇冒风险，敢拼会赢；合群团结，豪爽意气；义利相合，勇担道义；恋祖爱乡，回馈桑梓"的伟大闽商的缩影。精于把握机会、超强的模仿能力、敢想敢干的血性、开疆拓土的魄力——每一位成功闽商的身上总是生动地折射出这样鲜明的个性。有人将"闽"字做了这样的比喻："门里一条虫，出门始为龙。"这多多少少勾勒出福建人世代向外拓展的意念。如果将时光倒回到从明清至民国的上下杭地区，可以毫不夸张地说，商帮在福州商业发展史上曾是一个不可或缺的角色。

　　福州帮在上下杭地区是一支不可低估的商业势力，他们在风云际会的时代舞台上长袖善舞，显示了不凡的经营天赋和独具匠心的经商魅力。从行业分布来说，有布业的黄恒盛布庄、陈恒记绸缎行、黄丰记奇生布行，国药业的咸康药行，棉苎业的张乃武，土产业的李郁斋，进出口业的新业和大新行，以及糕饼业的宝来轩等。

除了土生土长的福州帮外，兴化帮是上下杭地区最大的商帮，它主要由莆田、仙游的商人组成。众所周知，兴化商人具有勤俭耐劳的优良传统，多是白手起家，艰难地积累资金，扩大经营。

兴化帮在上下杭街经商历史悠久、实力强大，是上下杭地区首屈一指的大商帮，以资本雄厚、势力强大、经商有道著称。而在兴化帮中，又以"四大金刚"最负盛名，何元育的何元记号船头（海运）帮兼营闽南土特产、北货、糖、房地产及投放高利贷，苏开勋的义美号是全福建最大的南北货帮，还有蔡友兰的蔡大生号烟花鞭炮行和林时霖（林沛然）的聚源发号纸帮。

除此之外，上下杭地区还有江西帮、温州帮、闽南帮、福清帮、长乐帮等商帮。

要探索明代中叶以后上下杭地区商帮的出现，不能不提到建于宋绍兴年间，又经明隆庆五年重修，位于下杭路两座古桥星安桥与三通桥之间的张真君祖殿。祖殿坐北朝南，前临河道渡口，西通三捷桥、白马河，南通安远桥、万寿桥，双向流入闽江。水涨时潮头两进，故有"真君殿前潮水两头涨"的独特水文景观。张真君祖殿奉祀的是永泰县人张慈观。他生于唐天祐年间，出身农家，长大后当过佣工。五代十国时期，王审知开疆治闽伊始，瘴气疫疠流行，茅草初垦，加上乡村暴徒到处扰乱，村民深受其苦。传说，当年张慈观年轻气盛，体魄健伟，精通武术，且为人急公好义，爱打抱不平，被闾山大法院祖师许旌扬的数传弟子收为门徒后，学法数载，艺成下山为民除害，做了不少造福桑梓的好事，深受群众景仰。最后他在白云寺当头陀及老，于闽清金沙溪一大石上坐化升天。为纪念这位行侠仗义、酿成"正果"

的善士，乡民建成张真君祖殿。明清两朝及中华人民共和国成立前，在这里经商各地的商贾都把张真君奉为"祖师爷"，称之为"商神"，顶礼膜拜，虔诚至极，张真君信仰在海内外颇有影响。

位于上杭路100号的福州商会"魁身楼"，俗称"八角亭"，是清光绪三十一年福州富商张秋舫、罗筱坡、李郁斋等首倡组织福州商务总会后，福州商帮集体捐资买地于清宣统三年兴建的，是福州商贸发展的重要史迹之一。八角亭坐北向南，为双层八角攒尖顶斗式木构建筑亭，是典型的清末古建筑。一楼为花厅，厅内摆着会议桌椅。八角亭前有古榕、假山，后为厅堂，堂后庭院，两侧厢房。厢房为砖木结构的两层红楼。右厢房的门呈花瓶状，门框用青花碎瓷片贴成梅、鱼等图案，门框边还有泥塑的竹子图案，厢房墙外刻有"林花着雨，水荇牵风"的句子。八角亭东侧还有一个幽静的院子，里面有一棵古樟、一棵古榕，西侧还有一大片保存较好的清末木构建筑群。流连于此，仿佛置身在三坊七巷的某个古园林建筑。在下杭路和隆平路交叉口，有一座高大气派的老式石头房，从两道紧锁的铁栅栏和铁皮门的宝葫芦窗孔往里瞧，里面有拱形石门和尖圆顶门窗。这就是中华人民共和国成立前颇有名气的咸康药行所在地。咸康药行，是民国时期张桂荣、张桂丹兄弟开办的一家大药铺。药行坐北向南，前设营业大厅，后有药材仓库，规模宏大。抗战胜利后，张家向境外发展企业，他们的二三代在香港、台湾、美国等处设庄从事其他行业。1956年，咸康药行公私合营后，改为福州医药站第三经营部，现为福建同春股份有限公司第二药品分公司。中华人民共和国成立前，福州回春、咸康、四省、华来药店都很出名，如今只剩下鼓楼的回春、台江的咸康了。老一辈海外福州人都还记得咸康。咸康药行后面，沿隆平路是一大片高大的老房子，原先都是张家的产业。从隆平路57号进入，是张桂荣的孙子张庆猷等张氏后裔居住的地方。大厅两侧正房，整扇整扇雕镂龙和亭子的楠木门窗红光闪闪，连同雕花的玻璃窗、过道上的刻花门框、二楼木雕栏杆,都可想见主人当年的荣华富贵。

在上下杭,有许多这样精雅的楼房、园林、别墅,在这些略显老态的老房子背后,都隐藏着无数神秘的故事。这些故事充满了神奇,充满了惊险,充满了让人为之眼前一亮的惊叹!

这是一段时光流淌的黄金岁月,这是一段雕栏已经苍老、门窗已经斑驳的记忆,这是留下了历史的表情和体温的一页。今天的年轻人会不会去留意他们的祖辈或曾祖辈曾经在此所创造的商业奇迹?

走在午后树影斑驳的上下杭,我相信,闽商的辉煌从来没有黯淡过,它绵延不绝,直至今天和未来。

上下杭兴化商帮的斑驳记忆

林文政

1936年春天的福州城里来了两位大人物。一个是著名作家郁达夫,应福建省主席之邀来福州做官,住在南台青年会。不到一周时间,2月10日,影后胡蝶也来到了福州,她是民国时期上海滩当红的一线女星。1935年11月,二十七岁的胡蝶与实业家潘有声经过六年爱情长跑,终于步入婚姻殿堂。第二年元宵节后,新婚的胡蝶随丈夫乘轮船由上海回福建谒祖探亲。

潘有声原籍福建兴化,家里做的是茶叶生意,在福州仓前山开了家福胜香茶行。潘有声自小在福州念书,曾就读于青年会中学,还没毕业就随家人迁往上海。到上海后,他曾在永兴行茶叶部当职员。初会胡蝶时,他在礼和洋行任职,后来一直干到了德兴洋行的总经理。胡蝶究竟看上了潘有声什么呢?她在后来的回忆录中写道:"他是个干事业的人,做事情扎扎实实,待人诚恳,讲信用,肯动脑筋,肯钻研,如他做茶叶生意,对茶叶就很有研究,他只要稍一品茗,就可以说出茶叶的产地、品级。"

胡蝶的福州之行,为避免记者和影迷的打扰,不仅行踪保密,而且没有下榻在潘家的商行,而是借住在仓山槐荫里的许宅。但是第二天祭扫时,胡蝶还是被围观群众认了出来,《华报》马上在显著位置发表了"欢迎辞",狂热的影迷闻风而来,各种宴会也接踵而至,有时只能由潘有声出面婉言谢绝。胡蝶在福州只待了不到十天,但福州给她留下了美好的回忆:"福州市的风光,鼓山的林涛,在我心灵的深处留下不可磨灭的印象,而那里的名胜古迹、游览之地、沿海的沙滩,不仅留下了我们青年的踪迹,也留下了我们年轻时绚丽的梦……"

胡蝶原来还计划回兴化省亲,但是听说潘

有声的老家南坛附近常有土匪出没，怕被掳去当压寨夫人，不得不取消了行程。于是兴化旅省同乡会便在福州兴安会馆为他们举行了盛大的欢迎宴会。今天我们依然能从泛黄的老照片中感受到当时的盛况。兴安会馆位于福州上下杭街区，始建于清代，纵贯上杭、下杭两条街。兴安会馆就是身在异乡的兴化商人共同的家和寄托乡愁的驿站。

莆田，古称"兴化""兴安"。莆田人经商的历史可以追溯到唐宋时期，最远的把生意做到了东南亚。远的就不说了，到了清朝，外出经商的兴化人，渐渐形成了有规模的商帮，足迹遍布全省各地乃至全国各地，江湖上便有了"无兴不成镇""无兴不成市"的说法。福州作为福建的首府，自然也是兴化商人叱咤风云的重要舞台。"五口通商"后，南台的上下杭因为面江临海，河道纵横，水运便捷，成了洋货倾销的市场和省内外农副土特产品的集散地，樯桅如林，百业兴旺，商贾云集，组成了经济实力雄厚的行帮。行帮以销售商品的种类来划分，后来又进一步发展为按地域划分的商帮。兴化帮因为财大气粗、人多势众、经营有道，成了上下杭数十个商帮中最大的商帮。有趣的是在下杭古渡口旁有座张真君祖殿。每当闽江涨潮，祖殿前的星安河就会吸纳三通河与三捷河双向的潮水，形成"圣君殿前河水两头涨"的奇观。水是财富的象征，因此下杭街被商人们视为聚宝盆，全城三分之一的钱庄都开在这条街上，连雷神张真君也身不由己地被商人们奉为了商神，张真君祖殿成了各商帮、各行业议行论市、互通情报的场所，香火不断。兴化商人看中了这块财源滚滚的福地，纷纷抢滩，购置商铺，下杭街几乎成了兴化帮的地盘，福州人甚至把下杭街称为"兴化街"。为了交流信息，联络感情，兴化商人们又以乡谊为纽带，在下杭街建立了以商业功能为主、具有同乡会性质的兴安会馆。

可以说，兴化帮在福州占尽了天时、地利、人和。上下杭的"杭"，是从"航"衍化而来的，航是行船的意思，下杭街曾是航运码头，也是无数漂泊福州的兴化商人停靠的岸。他们远道而来，到此谋生，改写命运。他们集资兴建天后宫和尚书庙，在兴安会馆里供奉两位同乡神灵——"海上女神"妈祖和"水部尚书"陈文龙，祈求一帆风顺、平平安安，并利用节日举办祭祀、谢神、庆赞、做福等活动，以增进帮内的团结。

到了 20 世纪 20 年代，兴化帮已具相当规模，其中又以下杭街上号称"四大金刚"的聚源发纸行的林时霖、何元记糖栈的何元育、义美京果行的苏开勋和蔡大生鞭炮行的蔡友兰最为著名。

聚源发纸行的老板林时霖，清光绪十三年生于莆田北高，人称"十六先"，为"四大金刚"的班首。他是个儒商，还是一位诗人，著有《壶雅楼诗集》一卷。诗人做生意一般头脑非常灵活，但往往过于依赖感觉。林时霖出身贫寒，敏而好学，年少时在下杭街的协发纸行做陪读，结果少爷没长进，他却学有所成，当上了纸行的司账。由于老板沉迷酒色，将业务全权交给他打理，林时霖借此积累了丰富的经验和人脉。宣统三年协发倒闭，林时霖创立了聚源发纸行，完成了从员工到老板的逆袭。林时霖在闽西北纸产区设加工点，就地雇工剔除残次纸张，印上"林聚美"名号，在营口、大连、青岛、香港等地设庄经售，兼营闽北土特产，获利丰厚，资产达二三十万银圆。林时霖在下杭街广置房产，成为兴化帮出任闽侯县商会会长第一人，后又在张真君祖殿内组建了福州商事研究所并担任所长，盛极一时。无奈日军入侵，海运中断，业务受阻，货物又遭到日寇轰炸和洗劫，加上纸产区封建势力的盘剥、国民政府的苛捐杂税、土纸落后的工艺又无法抵御洋纸的冲击，销量每况愈下。内战期间，走下坡路的林时霖又将大量资金用于放高利贷，结果法币、金圆券、银圆券如变魔术般不断贬值，最后几同废纸，而他的儿子又都无心经营，长子沉迷于古董字画，玩物丧志。中华人民共和国成立前夕纸行终于倒闭，林时霖一贫如洗，靠变卖家产度日，最终病逝于义洲小屋，犹如黄粱一梦。

何元记糖栈的老板何元育，人称"三十哥"，莆田张镇村人。何元育起初穷得叮当响，在大桥头（今解放大桥）旁的美且有嫩饼店做推销员。他平时干活拼命，却又惜财如命，是个名副其实的"十绝哥"，日积月累稍有积蓄，在下杭街开了家何元记糖栈，主营糖类，兼营闽南土特产，生意一直做到了长江以北。经过几十年艰苦创业，积累了大把资金，他大量购置房产，还将大部分现金用来放贷，财产最多时达六十万银圆，在"四大金刚"中首屈一指。但巨额的财富并没有让何元育感到快乐，为了躲避国民党名目繁多的收费和敲诈勒索，他竟将招牌更换为"立生"，摇身一变成为"葡商洋行"。抗日战争开始后，何元育为保全资产，将糖栈和不动产先后变卖，用来放高利贷，可是货币的贬值和儿子的挥霍使他几十年的积累付诸东流，不知不觉又回到了起点，忙碌一生只剩下一声叹息。

义美京果行的创始人苏开勋，莆田梧塘人。他初到省城时到处摆摊设点，经过几十年努力，在下杭街与人合伙开设了义美京果行（清朝时一些需要进贡给朝廷的果品在当地称为"京果"，后来也指各类食品和干货）。苏开勋病故后，其子苏秋兰继承父业。他勤于钻研，对南北京果的性能、规格、产销情况了如指掌。他还有一项独门绝技，能根据气候变化预测第二年各种干果和水产的产量，以决定收购量。在他的用心经营下，义美从小店升级成了商行。苏秋兰采办福建土特产桂圆干、荔枝干、食糖、烟叶、陶瓷等到山东、辽宁、江苏、浙江等地经销，又从长江以北贩运豆类、花生、面粉、酒、食油等回福州销售，双向获利，收入可观，年营业额超过一百万银圆，商行有雇员五十多人，仅会计就请了七个，成为福州乃至全省规模最大的南北京果行，苏秋兰拥有个人资产二十万银圆。抗战爆发后，苏秋兰为规避风险，急流勇退，把义美转让给族人苏锦堂，将资金转汇到香港，放起了高利贷，在买空卖空的投机市场里炒得心惊肉跳，输得血本无归。

蔡大生鞭炮行的老板蔡友兰，光绪三十七

年生于莆田江口，十七岁出门远行，到福州学做生意。他的父亲与同乡林某合资开设了福晋春商号，两年后父亲病逝，林某欺负蔡友兰年少，企图独占厚利。蔡友兰早看出林某是个奸诈小人，他据理力争，断然拆股散伙，并将商行改名为"蔡大生"。蔡友兰在家乡开办桂圆焙干厂，挑选上品运往湖南，不到四年就打败了其他同乡开的桂圆行，垄断了湖南市场，接着又在福州创办鞭炮加工场，将湖南购回的半成品鞭炮精制为"蔡大生"牌百子炮，享誉东南沿海。当时各地军阀混战，兵荒马乱，蔡友兰沉着冷静，抓住时机进军金融业，在浏阳、醴陵、萍乡等地开设钱庄，发行"纸票"，承诺可以随时兑换银圆。因为信用良好，深受商家信赖，纸票的流通为蔡友兰增加了大笔流动资金。蔡友兰并没有像其他商人那样去放贷，而是继续拓展业务，1934年创办了福兴泉汽车运输公司，拥有上百部车辆。蔡友兰由于经营有方，环环相扣，步步为营，自有资金积累达三十多万银圆，先后担任了福州海运商业同业公会、福州糖商业同业公会和省、市商会的理事长。抗战爆发后，山河破碎，日机轰炸导致交通瘫痪，蔡友兰的运输公司被迫停业，又卷入了国民党的低价收购骗局，最后分文未得。但蔡友兰并没有灰心，他拒绝与日伪合作，率商会同仁撤往闽北继续从事运输。在南港游击队抗日时，蔡友兰突发奇想，将仓库里的鞭炮全部装进煤油箱中引爆，把鬼子吓得魂飞魄散。蔡友兰乐善好施。1943年福州鼠疫流行，蔡友兰电汇一万六千银圆从昆明购买注射疫苗，无偿分发给医院。他还非常重视教育，在兴安会馆内创办了兴安小学。1949年初，国民党滥发钞票，币值一日数贬，商家纷纷歇业，蔡友兰建议由福州市商会担保，发放以银圆为本位的辅币流通券以稳定币值。解放前夕，蔡友兰拒绝前往台湾，解放后又协助人民政府开展支前、劝募、筹资等工作，活到九十岁才与世长辞，成为"四大金刚"中唯一善始善终的商界领袖。

除"四大金刚"之外，兴化帮中大名鼎鼎的还有被称为"京果水牛"的"四德"。"四德"是莆田黄石的徐姓人家在福州开设的德发、德余、德康、德昌四家京果行的合称。坐落于下杭街142号的德发京果行旧址以其欧式的建筑风格、拱形的落地窗户，在传统中式建筑的包围中显得格外醒目，至今仍然吸引着过往行人的目光。传说德发的创始人徐氏创业之初挑担摆摊总赚不到钱，怀疑自己不是做生意的料，就绝望地走到了大桥头。福州人常用"从大桥头跳下去"形容走投无路一时想不开的人。徐氏望着桥下的滔滔江水，头一晕脚一软，顿时没有了跳下去的勇气，索性将扁担扔进了闽江，向老天爷起誓，如果扁担被江水冲走，就卷起铺盖回家当农民，如果原地打转，就继续干下去。结果奇迹发生了，扁担入水后在一个旋涡里盘旋，徐氏心想天命难违，还是把地摊摆到底吧。经过十多年奋斗，德发京果行终于在光绪二十六年隆重开张了。由于德发备货齐全、明码实价、薄利多销、包退包换，顾客络绎不绝，规模不断壮大，除了在大桥头附近开设分号外，徐姓各房还分别在中亭街、南街和海防前开了德余、德康、德昌三家京果行。但是创业的一代人去世后，徐家各房的接班人都无心打理业务，人人当甩手掌柜，挥金如土，生意江河日下，要么倒闭，要么被人收购，令人唏嘘。

自古商场如战场，充满了机会也充斥着风险，成功者日进斗金、风光无限，失败者倾家荡产、黯然离场。有道是沉舟侧畔千帆过，守业更比创业难。透过"四大金刚"和"京果水牛"的起起落落，我们可以窥见兴化商人的经商特点，并且从中探寻兴化帮兴衰的缘由。

首先，兴化商人吃苦耐劳、精明善算。他们大多是赤手空拳，白手起家，从小生意做起，走街串巷，挑担摆摊，理发、拉车、修鞋、搬运，再苦再累的活都抢着干。在他们眼中，什么行业都有发展的机会，所以他们珍惜机会，不顾别人的眼光，能赚一分是一分，能赚一厘是一厘，从无到有，由小到大，即使后来苦尽甘来，成为腰缠万贯的富商，依然精打细算，省吃俭用，"一片铜钱当一块银圆使"，与闽南商人的一掷千金形成鲜明的对比。

其次，兴化商人合群抱团、生财有道。他们敢于走出去，但又对外界时刻保持警觉，喜欢生活在老乡的圈子里，同乡之间有强大的凝聚力，相互提携，彼此照应，只要一个兴化人有事，大家都会挺身而出，所以他们不会轻易上当受骗。他们精于经商之道，许多外地人看来赚不到钱的地方他们也能赚到钱。"神仙难赚兴化钱""摔倒了也能抓一把沙"就是对兴化帮最生动的描述。他们善于把握商机，瞄准市场需求，无孔不入，小到叫卖豆腐、汤丸、软糕、兴化粉等莆仙小吃，直至涉足京果、南北货、土纸、鞭炮、土特产、糖类、国药的经营，大到百货批发、棉布、海产干货、钱庄、侨汇、海运和汽车运输等，都发展成了行业大户，甚至垄断了福州十邑乃至全省的市场。

但是，正因为兴化商人大多是摆摊叫卖起家，所以文化素质普遍不高，在经营达到一定规模后，大多数人并没有把资金继续投入本业，用于扩大规模、拓展业务，而是将资金用于放贷，坐收利息以求安逸，影响了本业的发展。

同时，缺乏良好的文化氛围，对后代的教育缺乏足够的重视，导致后继乏人，继承者们要么对经商提不起兴趣，要么只想养尊处优地当少爷，不思进取，坐吃山空，成为坑爹的败家子。福州过去有个顺口溜"一代抄裙别裤，二代不知世故，三代必然痛哭"，意思和"富不过三代"相似，而兴化帮的商人有些到了第二代，甚至从创业者开始，包括"四大金刚"中的聚源发、何元记和义美，经营不到三十年，就过早地盛极而衰，不禁令人感慨守业之艰难。

当然，天灾人祸也是兴化帮由盛转衰的重要因素。1941年和1944年，福州两次沦陷，时局动荡不安，闽江口被封锁，商品购销两难，许多商号被迫停业，日军的狂轰滥炸、肆意抢掠，加上国民政府的腐败和欺诈，都使兴化帮遭受了重创。"四大金刚"中，除蔡友兰转向闽北重操旧业外，其他三家都将资金用于放贷，又遭遇通货膨胀，最终走向破产。

总之，缺乏安定的社会环境，忽视对接班人的培养，没有与时俱进的商业意识和经营策略，使兴化帮的没落成为必然。

时至今日，下杭街早已风光不再，和那些饱经沧桑的建筑一样，关于兴化帮的记忆也早已斑驳。如果我没有用笔去打开那段尘封的往事，也永远无法知晓这条狭长的街道有过怎样的热闹与繁华，而今它竟然如此低调、沉默，像个靠回忆呼吸的老人。当我试图寻访位于下杭街82号的兴安会馆时，我不出意料地扑了个空。这座曾是上下杭最气派的会馆早已荡然无存，成了台江区教师进修学校，只有侧面的马鞍墙依旧残留着旧年的印记……

鼓浪屿素描

常晓军

确切地说,我对鼓浪屿印象是陌生的。这种陌生中却有着别样的熟悉与亲切。臆想中本以为那只是一方海水环绕的小岛。既是小岛,定然就没有太多吸引人之处。也是在某天无意中翻阅了 Air 夫妇的作品《迷失鼓浪屿》后,从那些色彩斑斓的图片中隐约读出了一种慢生活的节奏来,就恍如一种久违和重逢,于是便在心驰神往中开始了匆匆行程。

曾不少次去海边。年轻时三五成群地一起去踏浪,去嬉水,去沙滩上堆大大的城堡让海水一点点地吞噬,然后故作深沉喝着啤酒在夜色的沙滩上发呆。未去这些地方之前,我对大海从没有任何的向往。在我的感觉中,南方的海和北方的山同样神圣和博大，它们都是属于大自然手笔下的绝妙画幅和造化，只不过水在流淌着生命，山却时时积淀着岁月。

有时也会去想，这一动一静的机巧，定然蕴涵着太多无法预知的奥妙。如果没有强烈的地壳运动，自然不会有今天这些布局精巧的岛屿；如果没有这极致静默的岛屿，又何来熙熙攘攘人群的向往与奔波呢？或许生命真的就是这样，有些地方注定了你必须要去的，不论是什么时间，它总会在你生命的某个时段中静静地等候着你到来。这感觉其实就像童话一样永远充满着未来和美丽，往往总在一瞬间让无味的生活会有新水秋花的感悟。

奔波无疑是圆梦的一种方式。等走出梦想真正可以眺望到近在咫尺的鼓浪屿时，心情却陡然变得不是那么迫切。抬眼去望，湛碧水流淡然绕岛，三五成群的鹭鸟以流线型悠然飞过，不经意在喧闹中辟出另种宁静。这宁静几乎隐藏了世间的所有纷杂，静得似乎可以听见岛屿的呼吸。

这是鼓浪屿的呼吸么？

难道鼓浪屿在以极其含蓄的方式展现着她静若处子的姿态？显然，我的迟疑足以证明我内心想更早些去接触她、感受她。虽然我们从未谋面，但内心流淌的情绪中却全是焦渴灵魂下的亲近。再凝望那丛绿掩映下的各式建筑，遮遮掩掩中便生出了一种人生跨越的意味。是啊，隔水相望的又何止是距离呢？我从前竟不知这样的存在形式除了等待还有着如此美的心境。可以说，真正要读懂美，以这样的视角来体悟和感触，才可能更接近那种独自承受生命的落寞。

9月，正是这座城市最美的季节。我从敞开的境界中走进了鼓浪屿温润荫翳的丛绿。步入那刻，满眼已在温润的景象中一点点地融化和迷恋起来。郁郁葱葱的榕树枝叶在美丽和随意中交错，一条条下垂的根须让人感觉这些垂及地面的纤弱，似乎根本与这滋润饱满、苍郁翠绿的岛屿无法契合。尤其那人来人往的嘈嚷下依旧原始的表情和姿态，更是不断地吸引着游人神奇的探寻,就如同翩翩起舞的少女,倍添着奇妙宛然的风姿。这南方常见的树种,因为生命力的象征,却以这样的柔软和坚韧在提升着自身的气场。也许普通之极才最适宜映衬如家样的温暖气息。或许是长久在这里生长,一枝一叶都呈现出这座岛屿慢节奏的感觉。空寂的街巷、悠然而过的人群、兜卖小什物的商贩,还有生长在这里的建筑,都在吹过的风中,暗含着让人心旌澎湃的魅力。和着一股股无法抵挡的含情脉脉,所有美妙的故事一下子就从这样的情境中散布开来。这是一种童年时代久违的气息,让我想起了村后山坡上满是绿油油的槐树来。每年春暖花开时节,一朵朵洁白的花絮是处处开遍,芳香的味道不但勾起我们的食欲,也增添了难得的乐趣。孩子们先后攀爬上树把槐花朵塞满衣兜和身后的背篓、口袋中。在北方农村,槐花可以和着面做麦饭,也可以直接捋进嘴里生吃。现在,这故人般的味道从林间、从四面八方奔涌而来。

如果说,总有一行诗句能够唤醒一个灵魂,

那么，这样的香气在鼓浪屿总会时时勾起美好的记忆。不论是那斑驳阳光下的久远建筑，还是涛声中嬉笑的游人，不论是微风中摇曳的树木，还是静默写生的男女，总是会以某种状态来感染情绪。在一座陌生城市里，这样的迷恋不仅能让人明白现实生命中的孤独并不可怕，也让人感觉到纯真岁月中的坚守。此时此刻，在这流年华美面前的迷茫又算得了什么呢？就算是身处熙熙攘攘的人流之中，谁又能说这座岛屿缺乏诗意呢？而在我看来，鼓浪屿是低调的，就好像这座城市中朝阳生长的古树，在海风中散发着徐徐的香气，始终没有任何张扬。真的，在这里时间流淌的速度似乎也慢了下来，也少了人与人之间的钩心斗角与烦忧。

有时候我也在想，生活在这个地方的人是幸福的。岛屿虽小，却享受着天地的造化。在似水年华中，静观花开花落。分外有趣的是每一条路都蜿蜒着向深处而去。那福州路、泉州路、永春路，似乎都有着不同的传说与故事，在时光的流淌中，静静地等待着天南海北的游人们聆听。然而真正地穿行街巷中时，内心却很快就被这种寂静悄然打动。这不是那种喧嚣而后的静，也不是寂寞涌现的静。周围虽然有淡然的音乐相伴，有风吹过的气息，有海水拍岸的味道，但这一切都让这生活味浓厚的小岛充满着情趣与意境。

鼓浪屿是让人无法忘记的。不论是面对陈旧的海岛别墅，还是走过平常的生活居所，都会透出一种风轻云淡下流淌的南方意味。那种精致、那种细腻、那种情趣、那种唯美，都让人感同身受，很容易让人定格为一帧照片、一幅画面，一个不愿意离去的梦想。从我见到它的第一眼起，那种灵魂深处的触动就让人臆想出人性的慵懒来。只想就那么随地一坐，或者抚摸那存在了数百年之久的建筑，默然享受这独特的摄人心魄来。我是一个习惯了行走的人。在雪色高原，曾为那白雪皑皑的气势所震撼；在黄土高坡，曾为那粗犷豪情的裸露而折服。但在这个耐人寻味的风华地方却一下子感受到了另种温情。无声的建筑带着历史的沧桑和峥嵘，低声在诉说着岁月的绵长。信步其中，这类似小城的岛屿早已没有了往昔的神秘，洗却铅华后更是韵味天然。

海水、沙滩、建筑、岛屿，都构成了游人眼中的全部。从这里走过，又有多少人会在乎留在这里的痕迹呢？其实这更是一种心灵的回归，一种城市喧闹欲望下的片刻宁静。在这里，听海浪声是种诗意，不会有着那种来去匆匆的仓促；在这里，抚摸小巷子中古旧的建筑，可以体味出遥远处传来的低吟浅唱；在这里，纵然是一种远望，也有着人生的体悟；在这里，就算是静心屏气，也有着情感的升华，有着一种属于自己的高贵气质。

坐在海边，我傍着迷离的灯光听着音乐，在灿然的夜色中感受着这平凡而又普通的生活，顿时让心情变得平静下来。这样的平静如童年的记忆，没有任何烦躁的压力。再去凝望着那些风格迥然不同的建筑，你无法不对小岛上各种文明与理念的交汇融合发出感叹。虽然时间走过了上百年，但穿越过相机的精巧构图，依然能从中探秘出深藏的尘封往事来。其实最有感觉的莫过于满墙蔓延的青藤，恣意生长着，不断用绿色勾勒着领域，以枝蔓寓意着岁月。怪不得岛上的人都喜欢称这种青藤为"猫爪"。沿途处处可见"猫爪"在墙壁上的痕迹。也不知是青藤滋养着这些建筑，还是这些建筑为青藤提供了生长的环境，总让人感觉这种绿色与任何风格的建筑都很搭调。

在这里，只有以静默和观望才能体味出鼓浪屿的魅力所在。那种内心渴望接触下的美无疑是宁谧的，更适宜出现在人们的想象之中。更喜欢那些在街巷中写生、拍照的人，他们的双眸和内心中映满生生不息的完美。他们手中的艺术创造让我们将现实与艺术进行着对照，感受着山水的永恒和生命的持久。也是，面对着远离尘嚣的意境，这样的花红叶绿、莺歌燕舞，谁又有闲暇去回望旧殖民时代的压抑呢？就像人在不断成长一样，儿时的伤痛记忆总是不易抹去的。鼓浪屿是不是也有着同样的情绪呢？那浪涛拍击岩石的回落声，让人听后犹如凄楚的号角声，在召唤着一代代的后人时时刻刻铭记历史。

这样的一个小岛，如果仅凭外在的景观来打动人，是无法超越时空和艺术的想象的。而真正走进的那一瞬间，却让人的的确确有种想占有的欲望。这是一种内心深处的感觉，一种散发着灵性的审美。在这之前，曾有无数的异国人借助船坚炮利，纷纷踏上了鼓浪屿，兴建公馆，开设教堂。一时间，一度空寂的小岛上有了洋行、医院、学校。各式各样的建筑高低不同，颜色各异地耸立在树影中。于是，一些当地人不堪受辱，便揖别父母妻子渡海远洋去异国谋求生计。数年之后，他们不单带回了财富，还带回了新观念和思想。于是，当人们观瞻这里多有特色的别墅时，就会发现这些建筑大都有着一种情怀上的渴求。这不仅是表现在建筑风格上，更多还有着主人心理的得意表露。那随处可见的建筑多是中式的屋顶，西式的主体。

面对着这些建筑和文化，我无法不去欣

赏它的悠然自得。但那深藏背后的艰辛与纷争，又岂止是我一人在独自感触？其实在融入鼓浪屿的瞬间，我已经在内心感受到这种历史的沧桑。这里，曾被侵略者的铁蹄践踏，遍布岛屿的各式精美建筑就是见证；这里，曾经受过炮火震耳欲聋的打击，言传的故事就是见证。时至今日，不堪往事都被这湛蓝的海水有力地冲刷去了，即便是那惊涛拍岸的轰鸣，也丝毫听不出挣扎于内心的愤怒。沿着幽静的巷道一步步走向深处，我总会想象当年那分布在小岛上的各色建筑，它们的出现代表着一种趾高气扬的宣示，代表着一种对于家国主权的践踏。可是能够回望吗？那是一种说不出的依恋还是沉重呢？琴声缓缓响起，犹如逝去的回忆，裹挟着回忆与想象，似乎可以从中读出很多很多……

好奇和向往中，忍不住伸手要去叩门的那刻突然停住了，我没有去叩那虚掩的大门，我怕惊扰了一颗安于平常的心。透过围墙栏杆，精致的院落一览无余。主人家在小院的树荫下安静地读着书，旁边有两只花白色的小猫在来回嬉戏。但这却不影响主人读书的情趣。她是在读深婉的文化品格呢，还是在读这座岛屿的文化灵性？我不知道。总之，沿着深深浅浅的巷道走来，所有的蓑草离披都在时光的交替中远去。这样的情境能不让人羡慕么？才渐渐明白，打动人心的除了那碧蓝的海天，竟然还有着这样的无声的情绪。来来往往的是车马喧嚣，而独我的心中却时时有着安宁。这座似水年华的小岛愈发耐人寻味起来，时光和历史成就了这方水土的绝代风华，在花开花落中展现着岛屿上的浸润绵长。

其实，这岛屿上到处都写满着历史。可以说，百年来这种沧桑气息从未改变，就犹如历史中的一粒尘埃，时时在记忆和淡忘中循环往复着。如果不是天南海北的人来往于此，驻足观瞻，它注定会随着历史的辉煌渐然湮灭。不是吗？当年谁也不会想到漳州路玉兰树下的廖宅英式别墅中，会走出一位中国的文学大师林语堂。更让人称奇的是他们的爱情，一位是名门望族的富家小姐，一位是身无分文的穷家子弟，两人却因不浅的缘分而结合，成为流传佳话。更有意思的是他们结婚后，语堂先生毅然将结婚证书烧掉，众人不解，不料他却笑道："结婚证书只有离婚时才用得上。"这是多么感人的坚贞爱情啊？！也只有这样的人才会创造出这样的浪漫轶事。虽然眼前的旧舍已经破旧不堪，全然没有了当年的景象，但我依然倍感幸运，因为我从这没落的精致中读出了爱情的坚守。抚摸着这里的一砖一瓦一草一木，都会有着生灵有爱、如有约意的体悟。

在我看来，这里的巷道似乎总是那么的狭窄，虽然两旁多是兜售特色品的店面，却有着属于自己的风情与灵魂。于是，这样的匆匆而过定然是无法深入和体味这岛上的风情，最多也是浮光掠影。在微微吹过的海风中，多了一份不同的感觉。当然，最羡慕的是那些在这里写生的人，他们可能是外来的过客，也可能就是生长于此的子弟，都在心无所羁绊地做着自己喜欢的事情。人来不惊，人往不宠，尽力完成着心中不灭的梦想和深沉的眷念，给人一种生活宁静丰饶、舒适优雅的情形。

这座岛屿上从来就不缺乏浪漫。从一方海水环绕的小岛到海市蜃楼的纯洁世界，不仅仅只是我的内心在悄然转变，理解和触摸那些活灵活现的事物，其实更有着通往心灵深处的诗意。但凡在鼓浪屿上说起诗，定然是要提起这两个人的。一位是削发隔绝红尘来到鼓浪屿闭关修行的弘一法师，结果却不堪周围的吵闹声，还没有半年就转身而去。无法想象的是这位富家子弟，精通书画、诗文、戏剧、音乐、金石、教育各个领域，他在历经物质、精神需求层次之后，却想求得内心的宁静。

这段心路历程外人无从得知，但当你聆听了《送别》这首词后，相信一定会有所感悟。

> 长亭外，古道边，芳草碧连天
> 晚风拂柳笛声残，夕阳山外山
> 天之涯，地之角，知交半零落
> 人生难得是欢聚，唯有别离多

长亭外，古道边，芳草碧连天

问君此去几时还，来时莫徘徊

天之涯，地之角，知交半零落

一壶浊酒尽余欢，今宵别梦寒

同样写诗的还有诗人舒婷。在这里，诗人的情怀与这座岛屿的性格紧紧联结在一起。阅读着诗，一如读这岛屿上生长的情绪，有着漫延的才情，也有着深沉的灵魂。与弘一法师相较而言，生于斯，长于斯，作为鼓浪屿文化符号的她，有着女人的性情和生活元素。身处这样秀美的环境，内心一定会滋生出芬芳的诗意来。诗中任意挥洒出的是一种自由、内在、包容和睿智。其实他们只是人生的过客，宛如岛屿上的石头草木，甚至鸟鸣。每每读她那《致橡树》时，实在无法想象出她在人来人往的小阁楼中是如何吸纳着鼓浪屿的灵气，用笔触来感受着这个多彩世界和接近生命的本质。尤其是在那样的冰雪消融的时代，这种如花盛开的爱情观自然显得无比的厚重。

我如果爱你——

绝不像攀援的凌霄花

借你的高枝炫耀自己

我如果爱你——

绝不学痴情的鸟儿

为绿荫重复单调的歌曲

……

舒婷说，一切希望和绝望，一切辛酸和微笑，一切都可能是诗。确实，时光流逝中充满着阳光的鼓浪屿不也正是诗的表现么？或许正是有了鼓浪屿的花朝月夕，才熏陶出了她这样一颗玲珑剔透的心。

又似乎是从梦境中走出，恍然间回到繁杂尘间。那种绝美、那种迷离、那种幻觉，无不是享受着人生的宽容旷达的吟唱。

其实，鼓浪屿的好些地方是值得慢慢回味的。尤其是空寂无人的巷道，当你还在欣赏和感叹这里的建筑和环境美轮美奂时，突然就会有肥胖的猫、狗从旁边走出来，那神情也不在乎我们这些外来人的好奇与喧闹，四平八稳地沿着自己的想法赶路。它们已完全把生活的艺术和艺术的生活全然融合在一起,特别是那种从身体间散发出的风采与神韵,不掺杂任何的矫揉、造作,既充满着舒心畅意的城市气息,又有着世外桃源的修身养性。在这样的氛围下,来往的人们也就习惯了从这建筑和流传的故事中透视各种文化人格。

三坊七巷

卢一心

在烟雨缥缈的五月,一位身着苏绣旗袍的妙龄女子,撑着一把油纸伞,走在江南的坊巷中,让整条雨巷充满脂粉味。这样的一个背影,如同一幅中国水墨画,让人情不自禁浮想联翩,尤其是两旁衬托着富有江南特色和气息的建筑物,更加让人忘情。还有那些挂在红格子窗上的一朵朵窗花,简直就是一只只会飞的蝴蝶。这就是江南雨巷给我的意境和浪漫情怀。是的,在我的想象中,江南的坊巷总是那样富有诗情画意,总是那样让人难以忘怀,以致魂牵梦萦。说到这里,作为一位文化人,自然而然就会想到戴望舒笔下的那条江南雨巷。

撑着油纸伞,独自

> 彷徨在悠长,悠长
>
> 又寂寥的雨巷
>
> 我希望逢着
>
> 一个丁香一样地
>
> 结着愁怨的姑娘

这就是戴望舒笔下《雨巷》这首诗的开头。意境幽婉、缠绵,又充满乐感。通过这首诗我们可以感受到江南雨巷的蒙胧美和典雅精致的古朴风情,这正是诗人的高明之处以及文学作品的魅力所在。是的,有时候,一把油纸伞、一个背影、一朵窗花就足以让人或坠入情网,或进入无尽的遐思空间。其实,对于那些上了年纪又在城里久住的人而言,坊巷并不陌生,因为中国很多城市的早期格局基本上就是以坊巷作为依托。说白了,坊巷就是指城里人居住和生活的地方。人们口中常讲的"市井"二字其实就是坊巷的代名词。换句话说,在中国传统文化认知里,坊巷文化已经成为城市的主要元素之一。当然,随着时代的发展变化,坊巷文化也已获得了提升和拓展,这很正常。

那天，我就是趁着去福州学习的机会，约上一位同学专程去拜访三坊七巷这位传说中的妙龄"江南女子"。不过，那时并没有下雨，而且是晚上。到了那里后我才发现，夜晚的时候去拜访更是时候，所谓"月上柳梢头，人约黄昏后"正是此情此景。更妙的是，夜晚走在三坊七巷中，恍若进入时光隧道回到古代一样，又恍如正在过节一样，处处大红灯笼高高挂，每一座房子里面的装饰和灯光也是喜气洋洋，出入店门口和穿梭在坊巷中的那一张张笑脸也是格外温情，这样的氛围会让人顿时忘记身处何方，现代都市的繁华与嘈杂似乎与此完全无关。我心目中的妙龄江南女子就这样出现在我面前。不过，不知是因为我过于投入，还是过于冷静，竟然感觉到眼前的这位妙龄江南女子似乎多了些洋气，甚至还能闻出些法国的香水味，这或多或少影响了我对她的印象，毕竟我这是去拜访古代的那位妙龄江南女子，而不是现代。尽管如此，我还是痴迷于此情此景，尤其是当我和同学一起坐在街道上那方木桌旁的时候。

是的，在我的想象中，福州市的三坊七巷就像那位身着苏绣旗袍的江南女子，端坐在挂满窗花的红格子窗后，外面正淅淅沥沥地下着小雨，也可能是洋溢喜庆节日氛围的背景。

此时，心思很快回到了现实。我想，福州市的三坊七巷之所以能够声名远扬，闻名于古今中外，主要原因应该在以下两方面：一是名人扎堆。试想一下，世界上还有哪里能够在一个方圆只有三十八万平方米的地方出现大大小小一百多位光照历史的人物，可以说实为罕见，不能不说是奇迹，因此，想不出名都难。二是建筑奇特。福州市南后街从北到南依次排列的那十条坊巷，分为"三坊""七巷"，故简称为"三坊七巷"。具体而言，向西三片称为"坊"，向东七条称为"巷"。"三坊"指的是衣锦坊、文儒坊、光禄坊；"七巷"指的是杨桥巷、郎官巷、塔巷、黄巷、安民巷、宫巷、吉庇巷。可见，这是个很独特的名称构造，也是个非常有意思的组合，而这样的组合恰恰蕴藏着丰富的中国传统文化元素，故富有历史文化价值。

相信参访过三坊七巷的人,都会被那种古色古香的古建筑所吸引。有人把三坊七巷看成城市里坊制度的活化石,并认为其是闽都文化的重要代表,还有权威人士以"一个三坊七巷,半部中国近代史"来形容和定位三坊七巷,应该说都是非常有道理的。三坊七巷还被称为"明清建筑博物馆",也是实至名归。当你置身其中,可以看到并感受到其"原汁原味"的东西,虽然有些建筑是经过修复的,但修旧如旧依然保持原有的风格和韵味,这是难能可贵的。从这方面也可以感受到当下政府的匠心和眼光,对历史的重视和审慎。

前202年,越王勾践的后裔无诸大兴土木,不久之后,就在今福州地盘上先后建起了冶城和子城等六座城垣。可以想象得出当年的无诸筑城,是何等威风和雄心壮志,当然,也肯定是非常辛苦的。连年战乱不止,民不聊生,要想安生,必须拥有自己的地盘,然后扩充实力以抗外敌,但是这样的年代很快就过去了。福州城由北向南继续扩展,整个布局,以屏山为屏障，于山、乌山相对峙，以南街（八一七路）为中轴，两侧成坊成巷，讲究对称，后来就逐步形成了"三坊七巷一条街"（"街"指南后街），一座城市就这样在历史的烽烟中不知不觉形成了。当一座城市形成以后，历史人物和文化也就出现了。

据史料记载，三坊七巷形成于王审知时代。王审知乃五代闽国创建者，于后梁开平三年封闽王，在位十七年。唐天复元年，其于小城外加筑城墙，称为"罗城"。罗城的布局南面以安泰河为界，政治中心与贵族居城北，平民居住区及商业区居城南，同时强调中轴对称，城南中轴两边，分段围墙，这些居民住宅成为坊、巷之始，也就形成了今日的三坊七巷。王审知是个"宁为开门节度，不作闭门天子"的英雄人物，其实行的保境安民政策，深得人心，故福州人向来对这位历史人物持好感。当年他向后梁太祖朱全忠称臣纳贡，并与南汉、吴越的地方割据势力缔姻结好，可谓用心良苦。这种人在那种年代已经算是个大英雄了。老百姓疲于奔命，多么盼望能过上几天安宁的日子。而大英雄也未必一定要征战沙场才能称得上，能够不废一兵一卒保家卫国，更需要大智慧，王审知就是这样一个人，至少三坊七巷就是从他开始修建的，这样的历史人物永远不会被忘记。王审知整顿吏治，用人唯贤，至今仍是一段佳话，更是给当今执政者一面镜子，只有心怀人民的人才会被历史记住。

清咸丰年间的某一天，时任江西九江知府的沈葆桢为安置家人，举债购下宫巷11号那套大房子。沈葆桢是公认的清官，加上时常接济亲友，并无多少积蓄，可以想象，当时他下决心要购下这所宅院时承受了多大的压力，何况，当时的三坊七巷已经是高官显贵们的住宅区，可见花费不少钱。但他不得不如此，只有巩固后方，自己才能够安心在外，放开手脚去为国事操劳。可是，当年的沈葆桢肯定做梦也没有想到，他举债购下的宅院会成为今天的重点文物保护对象。沈葆桢买下这所宅院后，自己却因忙于公务，路途又远，因此很少回家，直到几年后,母亲过世,他才回家守孝。然而,谁能料到,时来运转,当时洋务运动的主要领导人左宗棠偏偏在这个时候向朝廷举荐沈葆桢,并三顾茅庐找上家门,让他接掌福州船政局。就这样,沈葆桢成了中国历史上抹不去的一位风云人物。人生之路有时真的讲不清楚。也许,这就是天意吧。

值得一提的是,沈葆桢母亲不是别人,而是大名鼎鼎的林则徐的妹妹,可见关系密切。林则徐(1785—1850),福建侯官(今福州)人,字元抚,又字少穆、石麟,晚号俟村老人、俟村退叟、七十二峰退叟、瓶泉居士、栎社散人等,清末政治家、思想家和诗人,被称为中国近代史上伟大的民族英雄,曾任江苏巡抚、两广总督、湖广总督、陕甘总督和云贵总督,两次受命为钦差大臣,因其主张严禁鸦片、抵抗西方的侵略、坚持维护中国主权和民族利益深受全世界华人的敬仰。他顺应历史发展潮流,对西方文明成果采取积极了解吸收并为我所用的态度,故被誉为近代中国"开眼看世界的第一人"和向西方学习先进技术之开风气者。这样的评价是非常高的。历史证明,林则徐名垂青史,当之无愧。目前三坊七巷旁的澳门路就有林则徐祠堂。由此可见,三坊七巷跟林则徐家族的渊源甚深,也因此留下了一段历史佳话。

其实,还有一个历史人物值得一提,他就是在甲午战争后,从郎官巷出去的林旭。他的妻子沈鹊应,正是福建船政大臣、两江总督沈葆桢的孙女。当年的林旭,只有二十三岁,因在京和会试的一千三百多名举人一起参加康有为发动的"公车上书"行动,要求变法,而受到重视,很快被授予四品官衔,协助光绪皇帝处理各种政务。当时光绪的诏书多为林旭所拟。只可惜年轻的他满腹才华还来不及充分施展,维新变法即告失败——光绪被囚,林旭则与谭嗣同等人一起被处斩。临刑前,他仰天长啸"君子死,正义尽",然后大笑,声若洪钟,连刽子手也失色。

在三坊七巷里,像这样有影响的历史人物并不鲜见,譬如"近代陆军之父"曾宗彦,清末著名资产阶级启蒙思想家、翻译家和教育家严复,"黄花岗七十二烈士"之一林觉民,"世纪老人"冰心等百位先贤,无一不是影响中国近代史的重要人物。但我更在意的是,这些历史人物为何会集中在三坊七巷,而不是散落在各地或各大中城市中?这就是这条街让人好奇的地方。更可贵的是,这条街目前尚保存完好,而且,2009年7月19日,已被国家文化部列为"中国十大历史文化名街"之一,并在福州南后街举行了隆重的揭牌仪式。也正是从这个时候起,福建省开始将三坊七巷列入申报世界文化遗产项目,目前,正在紧锣密鼓运作之中,相信定会获得成功。

三坊中的衣锦坊,被排在三坊中的第一坊,足见其重要性。衣锦坊旧名"通潮巷",因为这个地方是水网地区,福州西湖、南湖的潮水可以通到这个坊巷的沟渠里去。宋朝的陆蕴、陆藻兄弟居此,名"棣锦",后王益祥退归故里,更名"衣锦"。"棣锦""衣锦",其实都是说坊内有人在外出仕做大官,现在衣锦还乡、荣耀乡里，所以坊名也改了。历史人物影响力就是不一样，在世时享尽敬仰荣耀，死后地方上还以之为荣，千秋万代。当然，也有不少落得骂名，还有些在世时其实是饱受委屈的。然而，历史毕竟是公平的，褒贬自有公论，也会得到相应的澄清和淘洗。

文儒坊是三坊中的第二坊。顾名思义，文儒坊是文化官员和文人墨客聚居的地方。据《榕城考古略》载，此巷"初名儒林，以宋祭酒郑穆居此，改今名"。郑穆任国子监祭酒，是国家最高学府的重要官员，从三品的官附。可见，文儒坊这个名字宋时就有了。不过，这个坊真正出名应该从明嘉靖年间开始。文儒坊最著名的历史人物应该是陈宝琛，他是清宣统皇帝老师。当然，陈家自陈若霖开始五代都中进士，也让这条坊名声大振。据记载，这个家族自明嘉靖年间走出第一位进士后，持续若干代，一直在科举路上凯歌高奏，在清同治、光绪时达到顶峰。那时陈家七个儿子，除第五子早亡，其余六子皆中举，其中四个进士、三个翰林，长子就是陈宝琛。此外，清代的著名诗人、《石遗室诗话》作者陈衍的故居也在坊内，是一座坐北朝南的大宅。陈寓隔壁是现代著名法学家柯凌汉教授的住宅。可见，这条坊确因历代文儒辈出而闻名。不过，明代抗倭名将张经，还有清代名将福建提督、台湾总兵甘国宝也居住在这里，可能是人们意想不到的。由此看来，这个坊真是文武双全。

三坊中的第三坊是光禄坊，原名"玉尺山"，又名"闽山"，是福州"三山藏"之一。据说历史上，光禄坊内有一座法祥院，俗称"闽山保福寺"（建筑原址在今光禄坊公园内）。当时曾任过光禄卿的福州郡守程师孟时常到此吟诗游览，僧人就刻了"光禄吟台"四字于石上。为了感谢僧人，他吟了一首诗："永日清阴喜独来，野僧题石作吟台。无诗可比颜光禄，每忆登临却自回。"光禄坊的名字就从此而来的。以上只是对三坊作简单介绍，七巷就暂且不多说了。

中国的坊巷文化由来已久，甚至可以延伸

出坊巷制度来。我在想,这些古朴的坊巷到底还能够"活"多久?其实这也是很难讲,估计没有人能够给出答案,但历史还是不停地往前走,这是没有人能够阻止的,未来将会发生什么样的变化,也是没有人能够知道的,现在,我们只需好好看护并充分发挥它的作用就可以了。"世纪老人"冰心在她的散文名篇《我的故乡》中,留下了对故居情真意切的描述:"我记得在我十一岁那年(1911年),从山东烟台回到福州的时候,那时我们的家是住在'福州城内南后街杨桥巷口万兴桶石店后'……这所房子很大,住着我们大家庭的四房人。祖父和我们这一房,就住在大厅堂的两边,我们这边前后房,住着我们一家六口,祖父的前后房只有他一个人,和满屋满架的书。那里就成了我的乐园……"

一代大学者和翻译大师严复也是从小生活在这里,并在这里念私塾。严复是满脑袋装着中西文化的人,他力图通过翻译把西方进步思想介绍到中国,以改变中国落后和保守的面貌,从1895年2月开始,严复连续在报纸上发表政论文章,"鼓民力、开民智、新民德""不变于中国,将变于外国",一系列振聋发聩的思想政治主张从严复的笔端流出。1897年,由他翻译的《天演论》发表后,迅速在维新人物中间流传。梁启超第一时间读到了它的手稿,赞叹不已,康有为称他为"中国西学第一者也",连孙中山拜会他时,也谦恭地说"君为思想家,鄙人乃实行家"。耐人寻味的是,他曾在报上痛陈鸦片害民,自己却无奈染上烟瘾。他曾大声疾呼废除八股,自己却四次参加科举。临死前,他发出一声声沉重的叹息,告诉儿孙:"中国不灭,旧法可损益,必不可叛。"一代大学者和翻译大师就这样走了。

其实,从三坊七巷传出来的叹息声持续不断,严复的声音比较独特罢了。

一座城市的前世今生

陈子铭

走过一些城市，领略过一些城市的风景，但不可选择的出生和可以选择的落脚点，仍然是这座闽南古城，人们叫她漳州。

我想，一个城市被这样叫了一千多年，大抵是因为她有些历史，所以有些底蕴；与现代生活维持着较大的关联度，所以不算落伍；现在看起来还有些躁动，所以还有一些远景可供猜想。城不大，骑个单车四十分钟可以穿越新旧城区，城里人往返于过去与现在之间似乎不是件难事。

这些，都为城市随想提供一个空间，为她的未来变数隐匿几许可能。

一座存在了一千多年的城

这是一座存在了一千多年的城,她的整个历史积淀层不仅仅局限于建州后的一千三百年时间。在她的辖地,与厦门隔海相望的南太武,被认为是母系氏族社会的遗存;市区莲花池山旧石器时代遗址,使漳州先民活动时间至少推到四万年前;华安沙建仙字潭摩崖石刻所传递的远古信息,仿佛是时间的孑遗。这些岁月深处人类的生活烙印,突兀于 21 世纪的日光里,使走着香车宝马的城,成为悬浮于世纪之间的真实存在,过去遥远,未来遥远……而一些历史嗅觉敏锐的人,或可从流荡在城市上空的风,去分辨哪些是上古的,哪些是今天的……

在艳阳高照的盛唐,漳州仍是一块未经开垦的处女地,一个叫陈元光的岭南行军总管,带领他的五十八个姓氏近万部属,来到这里,成了一座城市的开创者,成了一种文化的缔造者。带着遥远的河洛印记,那些被盛唐的暖风熏过的诗歌和铁犁,在江南之南,开放出芬芳的花朵。这朵花,我们称之为"闽南文化",它从最初的刀光剑影走向明媚的亚热带日光,强劲成了她的精神特色。在今天的城市,一些不曾被记忆遗忘的角落,苍老的榕、古朴的坊、那些祭祀陈元光的庙宇刻意渲染的红,仿佛成了这个城市的生命颜色。

到了暖风徐徐绽放的宋,一个智者的声音成了城市最恢宏的记忆,州学成为漳州文明的里程碑。朱子以花甲之年出知漳州,在他衣袂飘飘的身影之后,一座文化昌明的城市,在城南白云山的一声轻叹中,隐隐在望。那被千古诗书吟唱过的宽大的屋脊,至今仍然泛着古典的光泽,令仰望者为之神摇。

当大明王朝枯灯将灭的时候,漳州迎来下一个文化标志。这是黄道周,一颗和顾炎武、黄宗羲一样在中国文化的星空里灿烂耀眼的巨星。乾隆皇帝称他是"一代完人",大地理学家徐霞客称他"书画为馆阁第一、文章为国朝第一、人品为海内第一、其学问直追周孔,为古今第一"。他走过的地方,为人追忆;他的书,为人传颂；他那回荡于朝堂之上、村野之间的不屈的民族精神和高蹈的文化理想，为人景仰。

这是一个古意的城市，穿过那些午夜的街，走过那些流过河水的桥，我们可以聆听，智者的声音，穿过悠深的岁月，给我们讲述传承的故事；我们可以探寻，圣贤的脚步，留给城市的所有记忆；我们知道，有一种内在，高居于山川草木之上、城市之上、岁月之上……

当余晖缓缓地照着城市，那些唐朝的寺庙、宋朝的州学、元朝的老榕、明朝的牌坊、清朝的大厝和民国的老街，影影绰绰地走出我们的记忆之城。我们看到来自岁月深处的沉重的木门一扇一扇咿咿呀呀地开启、关闭，如同一场场演绎千古人生悲欢的戏剧，在锣声轻点中开场、闭幕。

我们看到一座尚未在岁月中失落的城，我们看到城里低眉顺眼的那一点古意、挥洒自如的那一派古风、浅唱低吟的那一脉古韵，我们看到城市在过去时态中的那一种令人心动的人文光彩。

移民城市

漳州曾经是一座移民的城市，一座由移民建造的城市。当初，陈元光和他的追随者开创这座城市的时候，这里地处蛮荒，他们大约不曾料到，一千三百年后，这里是一个五百万人口的城市，人们操汉唐古音、着现代服饰、架机动车辆，北望中原，他们依然是一个十分特殊的群体。

漳州又是一座输出移民的城。在这城市建立大约九百年后，创建者们的后裔开始成群结队走出城，开始人类历史上一次大规模的移民行动。三百年间，上百万的漳州子弟，东渡台湾、闯荡南洋、南下广州十三行、北上上海滩……在世界地理大发现的年代，来自漳州的商船和葡萄牙、西班牙人的商船一起，建立起一条以马尼拉为中转，联结漳州和北美阿卡普鲁多港的大三角航线，漳州人在参与构建起那个年代的世界贸易体系的同时，迎来中国最早的资本主义萌芽。台湾移民社会的高速成长，使宝岛成了漳州人的舞台，现在两千多万台湾人中，漳州籍的占七百多万。在广州，那些富可敌国的帝国商人，有许多来自漳州，大清国最早的行商首领，就是漳州人潘振承……

漳州历史上两次大规模的移民行动，一次以漳州为终点，是农耕文明对海滨蛮荒之地的洗礼；一次以漳州为起点，是黄色文明和蓝色文明的碰撞。

所以，这是一座融合了两种文明、两种性格的城，对祖根文化的认同和与主流意识的若即若离，使城市人群带着边缘群体达观、开放的特征。

移民社会本身所具有的开放性，是历史留给漳州的厚赠，城市的内在是文质的，漳州保留了来自中原的文化传承，同时也保留了本土文化。即使人们游走四方、家国万里，留在本土的繁如星辰的历史建筑，那些街、那些巷、那些散发着旧日沉香的厝，始终保持着闽南文化的显著特征，不媚俗、不夸耀、不守旧，表象与生活在此间的人同生共荣。典型的"番仔楼"在一般城市的历史中并不多见。洋溢着闽南风情的"五脚居"成了城市的一道风景。同时漳州也消化了外来文明，人们把对外来文明的理解，通过一根漂亮的罗马柱、一点巴洛克风格的雕塑、一个哥特式的尖顶展示出来，装饰自己的楼面，也装饰自己的梦。

这是一座移民的城，一座早早接纳中原移民又早早向海外输出移民的城，来自黄土地和来自海洋的两种文明在她身上交相辉映，使她成为一座浮游于岁月之上的城。少有中产阶级的格调与气质，少有暴发户的浮华与奢侈，她的底色带着老照片式的温暖坚韧的黄。

在这样的城市，一些本不相干的人，会十分惊讶地找到共同的源头，他们的祖先，往往来自那支南来的唐朝军队，或作校尉，或作队正，或作伙长，或作兵士，从干燥的北方来到这块水汽氤氲的土地，侥幸活下来的，成了一个族系的源头，他们的身后，成了一幅幅时光的作品，照亮城市的记忆。

在这样的城市，你可以看到不同版本的成

功故事，看到故事里的人笑容灿烂地从那些或平庸或精致的老厝里走出来，带着自己的妻小，带着谜一样的过去，然后烟尘一般消失。现在，那些曾经摇曳着温暖烛光的老屋，住了一些不相干或有点相干的人，那些刻花的窗棂、那些巴洛克风格的装饰、那些清爽的阳台，在无言中老去，而那些旧日的花坛，有时也还能开出一些灿烂的花朵。

这么一个城市，一个曾经在葡萄牙古航海图上被清晰标注的城市、一个曾被遥远西方航海者视为财富与希望所在群起而至的城市、一个石牌坊上刻着皇帝御书也刻着身着莎士比亚时代服饰的欧洲人的城市、一个有着失落的英雄情结的城市，她在历史进程中所流露出来的表情，无论是冰冷肃杀，还是达观向上，都将作为城市记忆的一部分，被对历史有好感的岁月拾荒者仔细翻捡，在某个晴朗的午后，被小心地摊开在21世纪的亚热带的日光下。

而人们在许多年以后，或许将重复讨论那个重复了无数遍的城市话题："你从何处来？你往何处去？"

林语堂，城市的另一张面孔

林语堂是漳州人，是一个走着看世界的漳州人，他生活过的城市包括北京、厦门、上海、纽约、台北、香港和别的一些地方，他行走的时间远远多于在漳州滞留的时间，但别人认为他是漳州人，他也乐于认为自己是漳州人。到了晚年，他还能够如数家珍般向人们描绘九龙江两岸的美景：丹荔、橘园、竹林、篷船、顺着水面飘来的笛声，以及能够粘住灶君嘴巴的麻糍、除夕的水仙、好吃的萝卜糕和东门外的小伙计，现在这些依然是漳州人生活的一部分。

这是一个充满智性的人，一个失散于太平天国战火之中的家庭的后代，一个出生于暗淡年份的男儿，一个出身天宝农民的坂仔牧师的儿子。生于乱世，身逢乱世，有走世界的嗜好，喜欢玩味某些生活细节，不温不火的调侃，淡淡的幽默，那个年代的战争、死亡、疾病、饥饿也就远了。

提到林语堂的时候，我们总是忍不住联想到这座城市的面孔：平和、包容，就像那个明清时叫"观前街"、现在成了"新华西"一部分的地方。当它安静地待在城市一隅等待湮灭的时候，它衰败的表情下面依然隐藏着不凡的面孔：知府的衙门是旧日风光所在，厚重的残墙至今彰显着官家威仪，比邻知府衙门的是美国人办的协和医院，然后是曾经隶属于多明我会的天主堂和建于同治年间的基督教礼拜堂，再往后，一座光绪年间的民族英雄的祖祠和一个死于太平天国战火的福建陆路提督的祠堂掩映在一片绿荫中，接下来是唐皇敕建的天庆观，最后是龙溪县衙门。这么一个不太长的街区里，这么些不同历史时期、不同风格的建筑和它们所要表述的意识形态平和相处，这就像是我们所说的这个城市的年代缩影。

这是一个平和闲适的城市，不排外，也不媚外，有点恋旧，不算守旧，不太物质，也不太缺物质，就像一个有过一些经历的中年人，对过往岁月有些感悟，对未来生活有所期待，对身边的变化心存善意，有自己的生活习惯和想法，富足时不会做出太有钱的样子，不富足时也不会显得太寒酸……

这种城市有时适合一些精神浮游，比如作大隐隐于市状。于是，人们喝茶，坐在"五脚居"下，袒胸露背，看旧日的玩伴香车宝马、招摇过市，笑笑，看日色渐黄，兀自喝茶；周日早起，闲坐，看日光一点一滴从窗外移入，在窗台或茶几上留下一片一片的黄，又一点一滴地移出，窃喜，又得半日之闲；盛夏，着人字拖，在市场提几根葱，提几根蒜，晃晃荡荡，天很热，人亦很热，心里却有<u>丝丝凉意</u>……

禅师说，活在当下。许多人果然活在当下。

生活开始物化的时候，非物质的愉悦，很容易被理解为一种精神逸出，城市有些发展，城市有些积累，那种精神逸出便容易了许多，即便简单的生活，也总能过出层层叠叠的意思来。

于是，人们在这样的城市里平静地生活，平静地老去。日光暖暖地照，沟里的水缓缓地流,锦歌一直有人在唱,茶店小姐筛茶时一直温婉地笑,宝马奔驰一直有人在开,跑了五十年的三轮车也一直在跑,麻糍天天有人在吃,电视节目也天天在播放,看累了电视的猫有时会懒懒地睡在老式的厝顶,醒来了揉眼就见到午夜残留的霓虹灯光还在装点着高楼的梦……

生活闲适,但并不苍老。

一条江成就一座城

这世界有许多城市,因水而生,因水而名,水是城市的灵魂。

作为母亲河的九龙江是漳州城市历史记忆的核心部分,她见证这个城市的成长、变迁以及同其他城市的关联,也见证市民生活的悲欢离合、喜怒哀乐。

走近这条江,城市的过去和现在一览无余。水作为记忆,沟通着城市的传统与现在;作为江之背景的圆山,是许多离乡背井的人对家乡永恒的念想,台湾历史上林林总总与之相关的地名,正是早期漳州移民的余痕;作为城市标志的水仙花，最初生长在圆山阴影下的四个村庄；泊在江畔的历史街区，完整地保存了民国初年的风貌，它的规划者和建设者，后来又规划、建设了厦门市区；曾经住过弘一法师也住过陶铸的千年古刹南山寺，它的旧日分院南普陀寺今天是个香火鼎盛的所在；城市东厢浦头港，是个"鹭岛贾舶咸萃于斯，四方百货之所出也"的商港，转口贸易直达广州、上海等地及南洋诸国；下游的月港，曾经取代宋代东方第一大港泉州港，而成为撬动中国东南沿海海上贸易的一个支点，它的繁荣，使漳州成为明代福建著名的商业城市；九龙江现在也是漳州市依港立市战略的一个重要组成部分，它的存在，使漳州始终保持着朝向大海的姿态……

水，是这个城市的核心记忆，以及生命延续的最深层的体现。漳州给自己的定位是：历史文化名城、生态工贸港口城市。这个定位，涉及城市过去、现在以及将来的种种构想，城市的发展由此隐约透出了历史的厚重和沧桑。

江成就了一座城，但她未来的发展，不仅

仅局限于一条江。

作为城市规划的一部分，漳州历史街道已经获得"联合国教科文组织亚太地区文化遗产保护奖"，一脊飞檐、街廊风雨，叙不尽乡愁。作为近代城市的缩影，街区依然存活在人们的生活中，就好像至今仍然灿若星辰般散落于海滨乡间的历史建筑一样，似乎时刻提醒人们：传统的生活风貌完全可以用一种很自然的方式在现代生活中延续下去。

漳州在城市进化过程中所展示出的历久弥新的再生能力，为现在以及今后城市发展提供这么一种前景：人与自己生活的这座城市或许将逐步走向和谐共荣。

作为母亲河的九龙江穿城而过，两岸如画美景映衬出城市风韵，沿江伸展的滨江大道和湿地公园，成为城市一道风景。桥，陆续出现在江上，勾连南北两岸，见证城市的成长；路网撒开，将城市的人流、物流，快速送达城市肢体的各个部分。人们这样构想自己的城市：东边，城市的门户，那里曾有虎渡春潮、西浦夕照、鹤岭晴烟、唐代的驿道、宋代的石桥、明代的关隘，它们与现代高速公路沟通交汇于时光；西边，宝峰飞翠，那里是林语堂的老家，十里蕉园、西湖风光，宛在梦中央；南边，与老城隔一条江，那里是千年佛国胜地、朱子登高的地方，南山秋色、圆峤来青，建起图书馆、歌剧院、艺术馆，成为人文地标；北边，府兵插柳为营，城市开创者的安息地，唐代的书声仍在，北溪之水犹存。人们用上百平方千米的外围生态景观梳理未来城市的人文肌理，构建城市生活。作为城市外延的那些乡村，那些田园牧歌式的乡野气息，因为土楼的成功申遗，或许在迎来商机的同时，也为城市的发展带来一股清气；而连接城市出海口的那座港，与厦门市共扼厦门港，是国家交通部批准的对台澎金马直航港，不菲的年吞吐量，使她拥有雄视大海的胸怀。

作为一座有着一千三百年历史的城，漳州城市化进程也许并不是历史长卷式的，但是她的变迁显山露水，深刻地影响着人们的生活。

三十年前，她的城市建成区面积仅六平方千米，今天近五十平方千米，在新一轮的规划里，她有上千平方千米的伸展空间。

也许，我们需要换一种表达方式，来完成从记忆之城到未来之间的跨越。

我们已经看到城市正在被商业集团轻而易举地占领，看到商业浪漫主义正以华美的方式对城市上空进行新一轮渲染，我们看到被各种考究的卡片所圈定的 VIP 人物正成为城市热点话题，看到最新流行对传统生活方式有条不紊地颠覆。当然我们也看到许多年前卡尔维诺所预言的未来城市并没有那么令人不安。

城市在过去与现代间浮游，城市自身也在裂变，城市生活有时是个温柔的陷阱，把喜欢她的人，困在其中，欲罢不能。一些心气高的人不得不借助高空摄影技术，来绘制一张精致的城市地图。人们有时会在自家门口迷失方向，仅仅因为盛夏蝉鸣、因为天降大雨、因为街心跑过一只牧羊犬……但是，生活终归是生活，人们在此间醒着、睡着、站着、躺着……风与建筑物摩擦发出的声音像一首缥缈的音乐，提示人们可以按照自己的方式生活。

现代城市顺着自己的惯性前行，城市的骨骼、肌肉以及那些由钢筋、水泥、玻璃组成的丝丝入扣的纹理，裸露在风中，她所彰显的生活形态，也许正成为人们爱恨交织、欲罢不能的宿命，这座正走进现代的城市，仅凭旁观者的洒脱和当局者的谨慎并不能握住城市精神的全部。

于是，我们看到一些在此间生活的人，开始用画笔，来记录城市的过去；用镜头，来思考城市的变迁；用古老的唱词，来宣告自己的坚守。

改变所能改变的，坚守所能坚守的，这成了许多人的话题。

这个时候，城市的发展走向，成为一个重要的命题。城市悬浮于传统，传统悬浮于思想，思想悬浮于岁月，岁月沟通着现实。这个滨水的城，有时候，需要在寂寞的时候，聆听她喘息的声音，如古老的送水车，行走在午夜的街头。有时需要在寻常的日子,遥看待发的征帆。这样,我们便可以越过时光的阻隔触及她的灵魂,并找到她在现代生活中的另一种存在。

洪坑：戴文赛星升起的传统村落

许初鸣

仰望灿烂的星空，想到那浩渺的天宇里有一颗星是以我们漳州人来命名的，总会从心底升腾起一种自豪感。怀着对乡贤戴文赛崇敬的心情，笔者再次来到戴文赛星升起的中国传统村落芗城区天宝镇洪坑村。开漳圣王陈元光的女婿戴君胄也许没有想到他的后裔会选在这样一个风水宝地开基立业，没有想到他的后裔会把这里建得这样富于特色、独具魅力，没有想到他的后裔会在这里孕育这么多杰出人才，甚至升起一颗耀眼的明星。

洪坑，这个充满诗情画意、洋溢传统韵味的美丽村落，坐落在漳州市西郊，离市中心只有十千米，离世界文学大师林语堂的故乡五里沙也只有四五千米。整个村庄依偎在天宝香蕉阔大叶片的怀抱里。天宝是中国香蕉之乡，天宝香蕉是驰名远近的香蕉品种。洪坑村农舍总占地面积一百三十公顷，村里村外到处可以看到这里特产的香蕉。

村口有一个波平如镜的池塘，称为"鸿湖"，因此洪坑村古时也称"鸿湖村"。"鸿"字寓意志向远大，戴氏祖先在这里开基立业，当然是有远大志向的。

村子里最引人注目的是七座古大厝，坐北朝南，临湖矗立，双坡顶深红色的屋面若断若续地连在一起，两边檐角微微翘起，舒缓优美的屋脊线给人以美的视觉享受。每座古大厝的两侧各有两排单层护厝。墙基以大条石砌成，墙壁以青砖砌成，当地人称"青砖石壁脚"。

你如果有兴趣，热情的村民会主动走过来，当你的义务讲解员，领着你一座大厝、一座大厝地参观鉴赏，带着自豪的神情和夸张的语气向你绘声绘色地详尽介绍，还时不时情不自禁地发出轻声而深情的赞叹。这些典型的闽南古大厝，在明媚的日光下各显营造技艺，同展建筑雄姿。大房叫"凤栖堂"，院墙壁脚的条石粗糙一面朝外，这是建造者有意为之，目的是标新立异。二房叫"南凤堂"，大厝的前厅大门左右又有两扇边门，刻有"作述传芳"的雕花字。三房叫"凤福堂"，朝纵深方向发展，前后四进三院落，规模更大，建筑面积超过两千两百平方米，大厅两侧的木雕也更加细腻精致。四房叫"园凤堂"，可以看出有意在规模上压倒三房，在正屋两侧又加建两间房，各自围成一个小院落，总建筑面积比三房多出一百平方米，大厅两侧花窗门雕成"纳福迎祥"四个大字。六房"头大厝"则在前面挖一口池塘，在大门石门楣上镌刻"华山仪凤"四个大字。你逐一鉴赏过后，会感叹：这里的各座大厝基本布局结构相同，但细节方面又各具特色，争奇斗艳。大厝内有木制与石制的浮雕、透雕，刀法精细，线条流畅，花草树木、虫鱼鸟兽、村夫野老、文人雅士、琴棋书画，形象灵动，栩栩如生。屏风上蝙蝠、燕子、铜钱、花卉等图案，花窗上

"纳福""迎祥""福禄""孝悌"等字样，都充满吉祥愿望，洋溢欢愉氛围。

大厝与大厝、大厝与护厝、护厝与护厝之间都有廊道相通，共有四条石板街、十八条排水沟和八口古水井，分布比较合理。这个闽南传统民居建筑群总体布局很有特色，因为这里的地势中间高、南北低，村里的民居以地势最高的中街为横轴，向南北两个方向发展建造，南边最低洼处就是称为"鸿湖"的大池塘。中街长四十七米、宽二十三米，总面积一千多平方米，成为村里的公共场所，早年还成为本村和邻村的临时集贸市场。每逢集日清晨，来自本村和邻村的乡亲、商贩就会前来赴圩，做家禽家畜、蔬菜瓜果、日常用品和各种农具的交易，热闹非凡。如今，时过境迁，昔日的集市已经不复存在，人们购物都往商场、超市去，"赴圩"已然成为历史名词。

整个村落布局合理而奇特，屋舍错落有致，道路纵横交叉，有如迷宫。只要七座大厝的大门锁上，外人便无法进入村庄，而村内各家各户却道路相连、门户相通。据说民国时期，曾有一小伙土匪进村打劫，但因村落格局奇特，所以土匪们进村后就晕头转向，首尾不能呼应，转来转去就是出不了村，不但没有抢到财物，还被吓出一身冷汗，从此土匪们再也不敢轻易进村扰民。

鸿湖楼是一座三层的圆形石楼，由条石与青砖建成，直径三十五米，每层有房十八间，结构面积都一样，三层共五十四间。楼墙厚八十多厘米，楼门宽一米七，拱门高约两米。楼门门额石匾镌刻"鸿湖乐居"四个大字，右款"康熙六十年季冬吉旦书"。楼内一楼梯共用，二楼、三楼有环形通廊可通各房间。窗、梁、壁上到处可见精美的石雕、木雕。楼中有八卦形石埕，直径约十八米，有八角形水井一口，水位很低，约五米才能吊到水，却从未干涸，据说可满足上百口人饮用。由于楼的格局环环相扣，结构紧凑，在冷兵器时代易守难攻，有较强的防御功能。二层楼上设有枪眼，口径外大内小，形似喇叭，从里面捅出长矛、射出枪弹容易，而从外面攻击进来却不容易。三层楼则设瞭望口，可以远眺到数里之外的情形。过去，楼内的人遇到兵匪战乱，就备足粮草，关上大门，可以守上半年之久。因年久失修，楼已部分倒塌，楼内只住着几个老人。

村民告诉我，这座圆形石楼从结构上说与南靖、华安的圆土楼相似，但由于是砖石结构，不能称为"圆土楼"。楼堡可能在唐代就已经有了，作为屯兵之用，后来废弃。明洪武年间洪坑戴氏始祖戴从宣从墨溪迁来，先在这里落脚，后来多次改建，其格局在清康熙六十年最终奠定，形成如今这个模样。那时，这里还比较荒凉，必须十分重视防御保卫事宜，防盗防贼防野兽。站在"鸿湖乐居"前面，我的脑海中立即跳出筚路蓝缕、胼手胝足、披荆斩棘等许多成语，浮现开基立业的祖先的形象。如果没有这"鸿湖乐居"，就不会有后来的七座古大厝，当然也不会有中国传统村落的称号了。

人们在这里繁衍发展、休养生息，必须和睦相处、合力打拼，因此也就形成了许多调节人际关系的"契约",有成文的,有不成文的。村里如今还保存着一块立于清康熙五十七年的石碑《鸿湖社会禁牌》,是古代的乡规民约。碑上文字是:"公立禁约,各宜恪遵。如或故违,小则会行罚,大则呈官究治。所有约条,开列于后:一族人不许犯尊欺弱、窃取物件;一前埕不许架棚作厕、栽植果木;一湖堘不许开井筑围、起盖小屋;一湖内不许私渔放鸭、混取泥土。"内容先说族人不许犯尊欺弱、窃取物件的行为规范,再说前埕、湖堘、湖内三个具体地点分别有何禁约,规定得一清二楚,便于遵守。乡亲们都把这些村规奉为祖宗遗训,自觉严格遵循,因此村里秩序井然,村民举止文明,大家相处和睦。

洪坑村的村民大多数都姓戴,相传是"开漳圣王"陈元光女婿戴君胄的后裔。据《开漳戴氏源流》记载,洪坑戴氏以唐初润州(今江苏镇江)太守戴伯岳为一世,戴伯岳的长子戴元理于669年随陈政将军入闽平乱,遂定居福建。戴元理的儿子戴君胄后来成为陈政之子陈元光的女婿，称为"戴郡马"，这是三世。戴郡马的孙子戴永明徙居墨溪村。到了明初，二十六世戴从宣徙居洪坑，开基立派。明末清初，戴氏四兄弟经营生意，开设当铺，富甲一方，于是就大兴土木"起大厝"，经过几代人的不懈努力，逐渐形成了如今这样规模巨大、气势恢宏、特色鲜明的传统村落。

关于戴氏子孙发家致富、竞建豪宅的故事，洪坑村民津津乐道，可以一口气讲上两三个小时。话说三十五世戴登宣生有三子，其中次子戴富（伯嘉）特别精明，起初在当地开个小布店，到漳州城里布行进货，资金不足，常常要赊欠。他把零头小钱付清，大钱挂账。布行里的账房先生却划错了账，把他的大钱一笔勾销，小钱挂着。到了年终，戴富挑了担子来还钱，账房拿着账本说，他只欠了十几元钱。戴富说：不对吧，我只付清了小钱，没付大钱，我今天就是特意挑了两百多块银圆来还账的。布行一查账，果然如此。老板是个精明乖巧的人，立刻在门口燃放鞭炮，大肆鼓吹这件事，既宣扬了客户的诚信行为，又表明了自己的经商理念，一举两得。这一宣传效果是可想而知的，戴富在漳州城里出了名。不久，布行老板请戴富以其诚信作为无形资产来参股，也就是白送他股份，目的在于借重他的好名声。后来，漳州城里有些店铺竞相仿效，请戴富入干股。看来，诚信真是无价之宝，戴富的诚信让戴氏家族几代人受用不尽，就是例证。

"挣大钱，起大厝"是村民根深蒂固的传统观念，戴富也不例外。戴富发家致富后大兴土木，开始了洪坑豪宅建造的历史，从此村子里叮叮当当的"基建"敲打声就不绝于耳。戴富生有四子，长子（大房）戴燕山，次子（二房）戴侃，三子（三房）戴少峰，四子（四房）戴算。其中三房戴少峰的长子戴念侯与次子戴辉用，特别能"挣大钱，起大厝"。兄弟们争奇斗巧，竞尚奢华，结果建造起了一大片远近闻名的壮观宅第。周边村庄的民众都羡慕地传颂说：有洪坑的富没有洪坑的厝。洪坑戴氏造厝的全盛时期，可谓挥金如土，石料与砖瓦等重要建筑材料都从泉州、莆田等地运来。所有的建筑都是"红瓦青砖石壁脚",屋顶铺红色板瓦,墙身砌青砖,墙脚白石料,砌得比人还高。洪坑的豪宅建造起自戴富,至戴辉用时达到顶峰。今天我们看到的洪坑古厝群就是这三代人接力打造出来的。它们承载了多少岁月的沧桑,铭记多少曾经的梦幻,隐藏多少昔日的繁华!

然而,盛极必衰,洪坑大厝的建造到了顶峰之后就迅速跌落下来。闽南俗话说:"富不过三代。"戴辉用生有五子,但都不争气,其中幼子板爷更是天生的败家子。父亲拿钱给他读书应举,他把钱全送给了妓女。传说他在家中天井里灌满水,往水里大把大把撒银圆,要女人脱了衣服去捞,谁捞到归谁,他在一旁嬉笑作乐。像这样,金山银山也要被他败光。

"挣大钱,起大厝"的神话虽然没有延续下去,洪坑的英才俊杰却不断涌现。洪坑毕竟是钟灵毓秀的神奇地域。美丽的生活环境养育出超群的才俊名彦。这个古村落人杰地灵、英才辈出,其中最出色的当属天文学家戴文赛

（1911—1979）。他二十九岁获英国剑桥大学博士学位，历任紫金山天文台中央研究院天文研究所研究员、燕京大学教授、北京大学教授、南京大学教授等，是中国现代天文学的奠基人之一，为国家培养了大量天文人才。1994年，为了表彰戴文赛对天文学的巨大贡献，国际小行星命名委员会将中国人发现的编号为3405的小行星命名为"戴文赛星"。

此外，还有著名医学教授、美国哈佛大学硕士戴天右（1904—2002），著名桥梁专家、美国康奈尔大学硕士、南京长江大桥副总工程师戴尔宾（1905—2000），上海交通大学原医学院教授、附属第九人民医院院长戴克戎（1934—   ），建筑博士戴志坚（1956—   ）等。这个村子人口只有大约两千人，走出的杰出人才却不胜枚举，令人不得不赞叹。

在天宝香蕉的怀抱中，在夕阳晚霞的映照下，燕尾脊上几缕炊烟在缓缓升腾，大砖埕上几头水牛在咀嚼干草，龙眼树上几只小鸟在浅吟低唱，这个戴文赛星升起的传统村落显得那样平静和安详,就像村口的鸿湖水一般。它让每一个到洪坑村的人都平添了几分淡定和从容。2013年8月,洪坑村被列入中国传统村落名录。如果说"地灵人杰"用在有的地方是一种客套的话,那么用在洪坑是恰如其分的。

漳州,三条不起眼的老街

蔡刚华

故事缠身的大同路

大同路由一座庵、一座经幢、一口井、一株老榕组成。当然,还包括一处革命遗址。如果还有所补充,那就应该是,一条大同路就是一条故事街,一个故事缠身的地方。

首先应该先明确的是先有经幢,后有塔口庵。因为在经幢的上层南向一面有阴文石刻楷书:"宝塔建造于宋绍圣四年丁丑至大明崇祯十五年六月初十日飓风颓坏原任钦差福建中路副总兵王尚忠捐资重造。"这确切无误地证明了它的前世今生——1097年始建,1642年重建。据学者考究经幢底座不少构件为唐代石雕,是全国少数保存完美的古经幢之一。

围绕在塔口庵的第一个故事是和原漳州路总管罗良有关。汀州人罗良和汀州人的女婿陈友定本是朋友，后反目。手中握有兵权的陈友定围城漳州，当城内箭镞和石弹耗尽，罗良不听父老劝告，要"舍生取义"，于是拆民房伐树木作武器。不想，北门守将暗地里放敌兵入城。罗良闻讯，策马直奔北门街迎战，在霞北书院（今老年大学）一带与陈军遭遇，经过一场惨烈厮杀，罗良战死塔口庵前。其弟罗三及一百余名兵士一同阵亡。赶来救援的罗良长子罗安宾，挥剑自刎。这场血腥残杀的全过程被塔口庵所目睹，庵若有知，那天一定心惊肉跳。两军厮杀，血如残阳漫连天，就连数米之遥七星古井也遭连累，兵败的将士遗弃的兵器盔甲充斥其间。以至今日喜取井水泡茶的漳州人，若投进铁桶入井，偶尔还会听见金属撞击的声音。

第二个故事有些侦探情愫，有点八卦，也最让漳州人口耳相传，至今仍广为流传。宋代本就是一个艺术的时代，人们沉浸于鼓琴焚香，

/ 漳州，三条不起眼的老街 /

时尚于候月听雨，影青瓷的内敛、赵佶的精巧，都直指艺术的巅峰。艺术时代就是人性的时代，因此随性和风流在所难免，而以塔口庵为盛。在这一点上朱文公是不认同的。身为知州的理学家朱熹开始走访，并得到北桥街小庙瞎眼和尚的指点，发现北门原来是条人形街，北桥亭好像一个人头，亭前的两条岔路正像人的双臂，北桥庙前的两条岔路，则像伸开了的双腿。一个人四肢八叉地仰面躺着，而且还是个女人。庙前热热闹闹的那口井，恰是"美人穴"！井是美人穴，水是桃花水，日日饮此桃花水，此地自是风流天。理学家朱熹下令叫人找来打石师傅，在北桥庙前的井上建起了一座尖尖的小石塔，封闭了这口井。其实朱熹与塔口庵无关，因为他来漳州的一百多年前，经幢就已存在了。漳州的百姓是知恩亦是感性的，许多故事冠以朱文公之名，尽管朱文公只在漳州城待了一年多，但记载和传言的事迹却仿佛让他多干上了几十年。白云岩上使飞瓦有他，计除开元寺恶僧有他，石螺无尾虾红壳有他……他的"事迹"

让漳州设置之后多少任的行政长官无事可传。

在大同路上,还写有一段与革命有关的光辉事迹。大同路的支巷和平巷6号,就是一处革命旧址——"莲山陈寓"。这是典型的闽南古宅建筑,有院落、进、厅。莲山陈寓的主人为陈祖基,中华人民共和国成立前为联保主任。

1934年,龙中进步学生陈松年、骆平加入了共青团。中共漳州地下党组织利用他俩是陈祖基的儿女这一层关系,在这里设立党的秘密活动点,掩护地下党开展工作。当时中共地下党的领导人马东涵、彭冲和刘荣昌等同志都在此居住过。后来,彭冲与骆平结为伉俪,也被传为一段佳话。1991年1月,彭老回到了"莲山陈寓",他进家门后开口的第一句居然是用闽南话说"泡小盅仔茶来喝"。

经幢前有一株古榕树,古树枝虬叶茂,树围有三人合抱粗,不知不觉间与经幢相伴三百多个春秋了。2015年7月的一天,在此站立了三百五十年的老榕一定是感觉站累了,轰然一声枝分两叉地仰天倒下,它似乎是在倒下之前已选好了休息的位置和时间。周围民众惊呼古树有灵性，这棵静寂守候着经幢和塔口庵三百多年的老榕，选择在半夜倒下，同时既没有毁坏明代古建筑塔口庵，也没有伤到周边民居，被当地居民称为最有灵性的树。事后园林部门裁掉余枝，就地扶正又种回原地，令大树既"起死回生"又重新"减负上岗"。

经幢、古榕、古井、塔口庵、莲山陈寓依旧，大同路就依旧。听着风雨交加的故事，眼帘处，那个指向塔口庵的路牌已渐模糊，夏天倒下的古榕不经意间已觉察到了秋的寒意。斯榕、斯庵、斯井、斯寓，还有经幢，经年历久。它们在千载中坚强地面对风风雨雨，年轮在加厚，感受着这个城市的繁华与喧嚣，在城市发展跳跃、热火朝天的景象中，亭亭玉立的经幢塔尖在尽展芳华与风姿。

在坚守中等待的文川里

对于文川里的小巷，我有着不一般的情怀。因为有段时间身份证上的地址就写着这三个字。

那老去的屋檐在阳光里闪烁沧桑的记忆，听风拂过青苔灰瓦，在城市改建的序曲中依旧站着的墙正诉说着顽强不老的传说。拆与不拆的争论在这里是多余的，唯一美好的就是：在温暖和煦的阳光里，在湛蓝如洗的晴日里，再次走进文川里，让心慢慢沉淀。这便是生命里最好的享受。

文川里可谓在一夜间让这座城市的人牵挂起来，当征迁公告发布，城市怀旧与文化情怀让那个本已模糊许久的"文川里"一词高频率地出现时，人们拿起了单反相机或携家带口走进多年未曾踏足的街巷，怀揣着的是一种虔诚的告别仪式感。对这条小街，也对自己的心灵。然而由于关注度的急剧升温，关于征迁与保护响起了不同的声音，认同与争议并存，文川里又再次进入了漫长的等待。

对于文川里，我是熟悉又陌生。我知道在当年古城的流金岁月中，它曾是沉默寡言的一族。当年漳州城大破大立之际，它还是处于城市的边缘。它是闹中取静的角色。因为尚有些空间，所以看中它静如处子的商贾、文人骚客们来了，看中它地价相对东门街便宜的刚起步的小贩们也来了。于是狭窄逼仄的小巷，开始了发育与成长。富庶者与商贩、手艺人同居于一街。晨光与暮阳、诗礼簪缨与乡民小贩和谐走动，长衫与短帮相互礼让优雅地打着招呼。在文川里这就是常态。

提到文川里，就要提到可园，提到可园，就要提到园子的最早主人郑开禧。郑开禧，在漳州也是个传奇人物。生前，他为纪晓岚的《阅微草堂笔记》写过序；死后，林则徐为他撰写墓志铭。在官场能有这样的文字来往已算是至交。郑家宅第现位于文川里的136号，属漳州市第22号文物点。当时郑开禧在广东当官。1838年，郑开禧从广东回乡，买了邻人废弃的园圃，开始建造私家园林。六年后，园林建成，郑开禧取名"可园"，其被誉为闽南名园之一。郑开禧挥笔写下一篇优美的《可园记》。为什么叫可园？"既成，名之曰'可'。苏子有言曰：'夫人苟心无所累，则可忧者少，可乐者多，又何适而不可哉！'"郑开禧兴趣广泛，其中一好便是收藏名家字画，尤以郑板桥、董其昌为甚。闲暇之余挂上几幅字画，品茗悠赏，也算是退隐生活的一趣。后来干脆请来画工将郑板桥之翠竹、董其昌之山水翻刻成灰刻，留在通往可园的墙上。从郑家大门而入，每一进都庭院相通，最后才到可园。后花园是整个宅第的点睛之作，内有思哺堂、虚受斋、锄月亭诸胜。郑开禧建园可谓用心至极，就连宅第的砖瓦也是从北方运来的。

如今通往可园的院门时常关闭，屋主打量着慕名而来的访者。太多的不速之客，也会让人稍感不适。身处可园，鹅卵石铺径，吟香阁、知守斋、荷花池、假山、回廊、水榭等仍在，园中名贵树木盎然，随处散落着雕有花纹图案的石构件。姚元之、祁隽藻等书牍及郑板桥等壁镌书画犹存。每当日暮时分，充溢翰墨香味的可园便开始慵懒地隐在一片淡淡的日晕中。

池塘上原本的石桥已断，如今只剩两座桥墩。被漳州人称为"小姐楼"的临池楼阁在水一侧，在岁月的磨砺中风采依旧，镂花木窗半开着，像是窗内帘后倚一佳人正等着翩翩俊郎如约而至。

走出可园，可见一西式二层小洋楼，门牌号为文川里125号。这是户姓石的人家，有位祖上很出名的眼科医生，人称"石眼科"。走进诊所一探，不想，外观西式风味如此浓烈的洋楼，房内竟一派中式的建筑，长廊、后院、天井……当年屋主留学日本，学习眼科，回国后，成了漳州医学界眼科方面的权威，中华人民共和国成立后被聘为漳州市医院的眼科主任。

文川里，每一次读你，总有些不一样的收获。每一次的收获，除了感伤总还有点什么。是的，岁月总是在人们不经意的时候离开了，留给人们的或是凄然感伤或是为之动容的记忆，没有人能挽留住时光的脚步，更没有人能让时光从头再来。对于面貌已非昨的文川里而言，老楼旧园就是城市文明进程中还没有雕琢过的璞玉，哪天雕好了，一定是这个古城中又一无价之宝。

锦歌悠扬的龙眼营

行走于龙眼营,但见古街两旁各有小巷,而站在巷口往里望往往不知所往,颇有曲径通幽之感。青石小路曲幽,泛着柔和的白光。老者二三在门口泡茶闲聊,弄堂隐约如春光乍现。小巷里过惯了闲适从容生活的人家,他们的房基有些就是上百年的城墙。如今的老街古风犹存,安于日常的满足感恣肆地挂上人们的眼角眉梢。

就是这样后有城墙、边上壕沟、小巷纵横的龙眼营,百年前却是客店众多、商贾聚集当然也是藏污纳垢之地。从清代盛世到民国初年,龙眼营的客店至少有二十多家。当时许多客店是漳浦人开的,绕过梁山翻越过九龙岭的漳浦人,一路颠簸、饥肠辘辘来到漳州城时,都要费力地一路问询到此投宿或打尖。所以漳州本地就有"漳浦兄,入城找无龙眼营"一说,也算是对旧时此地景象的一个生动诠释。除却旅店,龙眼营竟还有会馆,就是"永定会馆"。这里曾是客家人往来漳州必须逗留之处。当年会馆为三进三落独立大厝，花岗岩石大门框，门前矗立一对青石抱鼓，高门槛，格局为典型的闽南一带士大夫府第。

漳州古城区很多地名、街名，自古至今不知改了多少次，很多富有内涵、多有地域特征的街名都被历史尘封湮没，然而龙眼营却出奇地幸运，居然毫发无伤地保留至今，只是"文化大革命"中短暂几年被改为"文武路"，可是当时人们也都习惯叫"龙眼营"，竟然忽略了这个带有时代色彩的名字，"文化大革命"过后又恢复叫龙眼营了。变化在不知不觉间发生又恢复原状，不留痕迹。

龙眼营没有遍植龙眼，却有一座声名远扬的通元庙。通元古庙在龙眼营的南端，靠近南市场四碇井。这口井不知凿于何年代，由后人加高了井沿。如今井沿边微露少许青苔，仍有妇人打水洗衣，喝上一口井水，依旧清澈甘甜。庙始建于明代，庙里供奉晋代谢安和其侄谢玄等人的神像。正殿主祀开漳圣王陈元光。后殿供奉三宝佛及观音菩萨。通元庙庙小名扬，是因为通元古庙与"太平军"有关，与太平天国的侍王李世贤有关。

史料记载，同治三年，太平天国侍王李世贤攻克漳州城，其王府就安在龙眼营上的通元庙，李世贤就住在后殿二楼上，直至次年撤出漳州。故其又称为"侍王府"。据考证，侍王李世贤攻占漳州后，为了不侵扰漳州百姓，制定《行营规矩》，内有"令军民男妇不得入乡造饭取食、毁坏民房，掳掠财务及搜抄药材铺户并州府县司衙门""令不得焚烧民房及出恭在路并民房"。他自己也率先垂范，把这个小庙当作侍王府。

想必一路的逃亡也带来一路的思考。侍王攻入漳州城时之所以一眼相中龙眼营的通元庙，除了背靠城墙、交通便捷的地理因素外，这位农民革命将领在一路的思考中，已认识到了领导集团自身腐败滋长了可怕的离心力。于是开始了从我做起的廉政严军制度建设，出台《行营规矩》等治军措施也就不难理解了。可惜，再也没有机会留给这个青年才俊了。

漳州原是锦歌馆（歌仔馆）林立，到处箫笛弦管，充满了闽南乡韵，犹以龙眼营为盛。锦歌是歌仔戏的"老祖宗"，明末清初锦歌移植到台湾，与当地民歌小调相结合形成"歌仔戏"。可是锦歌这个千年曲艺，至今不甚景气，后继无人，现在只在龙眼营尚剩微弱的火花。

在某个下午踏进通元庙，你仍能听到繁弦急管下的锦歌吟唱。而在通元庙对面的"金瑞兰香业经营部"，它的创办人石扬泉，当年正是龙眼营锦歌社元老之一。如今他的后人不仅继续经营着"金瑞兰"香业这个百年老字号，对于锦歌的传承一样热心支持。石扬泉的儿子石耀辉还是锦歌社的琵琶高手。而龙眼营所在地的西桥小学，将锦歌列为学校开展传统艺术教学的特色内容，有段时间"龙眼营锦歌社"的牌子还挂在学校门口。

如今每逢需要参加省市演出，便将曾经在西桥小学学过锦歌已经毕业的学生召集到一起，临时创作，匆匆排练，演出结束后，演员星散四方。然而,盛极一时、名噪芗城内外的龙眼营锦歌社,如今再也难闻弦琴笛鼓伴奏下的哭腔或七字调了。

龙眼营,以缓慢的姿态在你面前铺展开来,等待你静心去重新倾听与阅读。在这里,少些世俗的功名利禄,红尘烦恼会顿时云消烟散。多些文化情怀和艺术坚守,心中就会多一分宁静、一分安详和一段悠长的岁月记忆。

图书在版编目(CIP)数据

引得春风入坊巷/"惠风·文学汇"丛书编委会编. —福州:海峡文艺出版社,2024.8
(惠风·文学汇)
ISBN 978-7-5550-3799-6

Ⅰ.I267

中国国家版本馆 CIP 数据核字第 2024UX0404 号

引得春风入坊巷

"惠风·文学汇"丛书编委会	编
出 版 人	林　滨
责任编辑	朱墨山
出版发行	海峡文艺出版社
经　　销	福建新华发行(集团)有限责任公司
社　　址	福州市东水路 76 号 14 层
发 行 部	0591—87536797
印　　刷	上海盛通时代印刷有限公司
厂　　址	上海市金山工业区广业路 568 号
开　　本	889 毫米×1194 毫米　1/32
字　　数	120 千字
印　　张	8.125
版　　次	2024 年 8 月第 1 版
印　　次	2024 年 8 月第 1 次印刷
书　　号	ISBN 978-7-5550-3799-6
定　　价	58.00 元

如发现印装质量问题,请寄承印厂调换